구예주

동화같이 따뜻한 분위기의 그림으로 사랑받는 일러스트레이터. 무심코 읽은 고전 소설의 매력에 빠져 여러 책을 탐독했다. 인상 깊은 장면을 자기만의 그림으로 다시 그리고, 마음을 두드리는 문장을 발췌해 매끄럽게 읽히도록 엮어 『일러스트 에디션 제인 에어』를 완성했다. 고전은 낡고 재미없다는 오해 탓에 쉽게 읽지 못하는 사람들에게, 이 책이 고전을 다시 집어 들 수 있는 계기가 되기를 바란다.
『꼼질꼼질 초간단 동화 일러스트』를 썼고, 『키다리 아저씨』의 그림을 그렸다.

이메일 yejukoo@naver.com
인스타그램 @yejukoo

옮긴이 서유라

서강대학교 영미어문학과 및 신문방송학과를 졸업했다. 백화점 의류패션팀과 법률사무소 기획팀을 거쳐 현재 전문 번역가 및 작가, 인기 유튜버로 활동 중이다.
『좋은 권위』 『태도의 품격』 『나는 내 나이가 참 좋다』 『후배 하나 잘 키웠을 뿐인데』 등을 우리말로 옮겼으며, 일러스트 에세이 『회사 체질이 아니라서요』 『나와 작은 아씨들』 『오늘을 버텨 내는 데 때로 한 문장이면 충분하니까』를 썼다.

일러스트 에디션

제인 에어

Jane Eyre
제인 에어

Illust Edition
일러스트 에디션

구예주 지음 | 서유라 옮김 | 샬럿 브론테 원작

21세기북스

프롤로그

이제야, 제인 에어를 다시 만났다

평범한 하루를 보내던 어느 날이었다. 무심코 책장을 들여다보다가 헤르만 헤세의 『데미안』을 발견했다. 제목은 많이 들어봤지만 내용은 도무지 떠오르지 않는 책 중 하나였다. 몇 페이지 넘기다가 덮어버릴 것만 같은 예감과 명작이라는 타이틀이 주는 묘한 기대감이 뒤섞여 책을 읽기 시작했다. 나는 생각보다 빠르게 이야기 속으로 빨려 들어갔고 두근거리는 마음으로 작가의 펜촉을 따라갔다.

책의 마지막 페이지를 넘긴 나는 고전의 매력에 매료됐다. 그리고 또 다른 책들을 찾아보았다. 『죄와 벌』, 『이방인』, 『주홍 글씨』. 내가 경험해보지 못한 시대로의 여행이었지만 그들의 이야기 속에는 낯설지 않은 무언가가 있었다. 물론 작가의 심오한 작품 세계나 상징을 모두 알기는 어려웠지만, 나만의 방식으로 작품을 이해하고 즐기는 과정 속에서 고전은 더 이상 낡고 재미없는 것이 아니었다. 때로는 황량하고 적막한 『폭풍의 언덕』에 서있었고, 빛나는 『도리안 그레이의 초상화』를 머릿속으로 직접 그려보기도 했다. 『1984년』에서 본 디스토피아를 통해서는 오히려 우리가 꿈꾸어야 할 이상적인 사회의 모습을 떠올려보았고, 아서 코난 도일의 소설은 마치 영화를 보는 것과 같은 긴장감이 느껴졌다. 『위대한 유산』에서 만난 소년의 성장은 내 삶 속에서도 소망이 되어 나 자신도 어제보다 더 성숙해지기를 바랐다.

이처럼 시간이 흘러도 힘이 있는 문장이 있다. 전혀 다른 시대, 문화 속에서 들려오는 외침이 오늘날 우리에게도 묵직한 울림으로 다가오는 것이다. 우리는 그것을 '고전'이라고 부른다. 생활하는 방식과 모습은 바뀌어도 끊임없이 읽히며 영향을 주는 것을 보면, 고전에는 인간의 마음을 관통하는 본질적인 메시지가 있는 것 같다.

어렸을 때는 고전에 대한 오해를 가지고 있었다. 문학뿐만 아니라 음악, 미술 분야에서도 고전만큼은 낡고 재미없다고 생각했다. 공감하기 어려운 예술이라고 생각했기 때문일까? 학업의 일부처럼 느꼈기 때문이었을지도 모르고, 어쩌면 책을 만날 마음의 준비가 되지 않았던 것일 수도 있다.

길고 지루해 보인다는 이유로 이 넓고 풍부한 세계를 접하지 못했다면 얼마나 후회했을까. 나 역시 처음에는 고전을 오해한 사람으로서, 고전 소설이 사람들에게 더 친숙하게 다가갈 수 있는 방법은 없을지 생각했다. 바로 그 순간부터 이 책이 시작됐다.

나는 내가 가진 책들을 가만히 들여다보다가 한 권의 책을 고르고 다시 읽어 내려갔다. 이야기의 흐름을 따라가며 내 마음을 두드리는 강렬한 사건들과 문장을 발췌하고 다듬어서 매끄럽게 이어지도록 엮었다. 사이사이에는 직접 그린 그림 40장을 채워 넣어 마치 동화처럼 쉽고 재미있게 읽을 수 있도록 했다. 마지막 페이지에는 작가의 일생을 작고 귀여운 그림들로 정리했는데, 작가의 발자취를 따라가다 보면 소설이 쓰이게 된 배경을 더 다채롭게 이해할 수 있기 때문이다. 그렇게 오랜 작업 끝에 이 책 『일러스트 에디션 제인 에어』가 완성되었다.

『제인 에어』는 사랑 이야기인 동시에 자신의 운명과 싸우는 한 인간의 이야기다. 빅토리아 여왕이 즉위했고 에밀리 브론테, 제인 오스틴 등 여류 작가들의 소설이 탄생한 시기이기도 하지만, 현실적으로 여성들의 지위는 그전과 나아진 것이 없었다. 『제인 에어』의 작가 샬럿 브론테도 여성 작가에 대한 문단의 편견 때문에 '커러 벨'이라는 필명으로 책을 출간했을 정도다.

가부장적인 사회 분위기 속에서 여성은 아름답고 순종적인 것이 미덕이었던 시대에 독립적이고 당당한 '제인'의 모습은 그 당시에도 충격을 주었을 것이다. 그녀는 그다지 예쁘지 않았고, 신분의 차이가 있는 상대에게도 자신의 생각을 표현하고 권리를 주장했다. 사회적인 요구와 주변의 기대, 가혹한 시련에 굴하지 않고 자신의 운명을 스스로 개척해나가는 제인의 모습은 현재를 살아가는 우리에게도 의미가 있다고 생각한다.

오랜 시간 다듬은 책인 만큼 독자들의 마음에 따뜻함으로 남길 바라본다. 제인 에어를 좋아하는 분들에게는 일러스트와 함께 새로운 느낌의 제인을 만날 수 있는 기회가 되었으면 좋겠고, 그동안 고전을 읽고 싶었지만 엄두가 나지 않았던 분들에게는 이 책이 고전에 관심을 가질 수 있는 시작이 되기를 바란다.

구예주

차 례

등장인물

LOWOOD INSTITUTION
로우드 기숙 학교
: 제인 에어가 어린시절을 보낸 기숙 학교
gateshead
게이츠헤드
: 리드 부인의 저택
존 리드
: 리드 부인의 아들
헬렌 번즈
: 로우드 기숙 학교에서 만난 친구
리드부인
: 제인 에어의 외숙모
브로클허스트 : 로우드 기숙 학교의 교장
어린 시절의 제인 에어

세인트 존의 집
손필드 : 로체스터의 저택
블랑슈 잉그램
: 로체스터의 지인
리처드
메이슨
: 손필드를
방문한 손님
세인트 존
: 선교사가
되려는 목사
에드워드
로체스터
: 손필드의 주인
그레이스 풀
: 로체스터의 하인
페어팩스
부인
: 손필드의
관리인
제인 에어
아델
: 로체스터가 입양한 소녀

Jane Eyre

제인의 공간

1
게이츠헤드

제인이 어린 시절을 보내는 곳. 외숙모 리드 부인과 외사촌인 존, 엘리자, 조지아나와 함께 지낸다. 아직까지 좁은 제인의 세계처럼 억압과 핍박의 공간이다.

2
로우드 기숙 학교

게이츠헤드를 떠나 입학한 기숙 학교. 쫓겨나듯 떠났지만 제인의 가치관에 큰 울림을 준 친구, 헬렌을 만난 곳이기도 하다. 성장과 발전의 공간.

3
손필드

학고를 떠난 뒤 가정 교사로 일하게 된 저택. 이곳에서 저택의 주인 로체스터 씨와 그의 양딸 아델, 그리고 수많은 사람들을 만나게 된다. 비밀과 사건의 공간.

4
세인트 남매의 집 & 제인의 오두막

손필드를 떠나 우연히 머물게 된 곳. 세인트 존, 다이애나, 메리 남매가 있는 온화하고 평안한 곳이다. 제인에게는 깨달음과 자립의 공간이다.

1

붉은 방에 갇힌 소녀

"나는 어째서
늘 미움만 받는 걸까?"

그날은 산책하기에 좋은 날씨가 아니었다. 엘리자와 존, 조지아나는 응접실에서 엄마를 둘러싸고 모여있었다. 지금 이 순간만큼은 싸우거나 울지 않는 귀염둥이 아들딸들 곁에서 리드 외숙모는 소파에 비스듬히 앉아 아주 행복한 표정을 짓고 있었다.

하지만 나에게는 그 자리가 허락되지 않았다. 그들은 못된 말을 퍼부으며 자신의 무리에 끼워주지 않았다.

나는 살그머니 응접실 바로 옆 거실로 들어갔다. 거실 책장에서 토마스 비웍의 삽화가 잔뜩 담긴 책을 골라잡은 뒤, 창가에 놓인 의자 위로 기어 올라가 터키인처럼 다리를 포개 앉았다. 붉은색 커튼까지 풀어 내리니 아무도 나를 찾을 수 없을 것만 같았다. 책을 무릎에 올려놓으며 나는 행복을 느꼈다. 행복의 기준은 모두에게 다르겠지만 내 기준은 그런 순간에 느끼는 행복, 딱 그 정도다.

책을 펼치고 책 속에 담긴 삽화들을 살펴보았다. 모든 그림은 저마다의 이야기를 담고 있었다. 비록 전부를 온전히 이해할 수는 없을지라도, 그림이 들려주는 이야기는 늘 흥미로웠다. 그 순간만큼은 방해받지 않길 절실히 바랐다. 그러나 훼방꾼은 예상보다 훨씬 빨리 찾아왔다.

"도대체 요것이 어디에 숨었을까?"

존의 목소리였다. 나는 절대로 들키고 싶지 않았지만, 이내 스스로 커튼 뒤에서 나왔다. 존에게 발견되면 질질 끌려 나올 게 분명하기 때문이다. 그건 생각만으로도 소름이 끼친다. 존은 늘 나를 괴롭히고 못살게 굴었다. 하루에 한두 번, 일주일에 두세 번 정도가 아니라 쉬지 않고 끊임없이 들볶았다. 그렇다 보니 내 모든 신경은 존을 두려워했고 존이 다가오면 뼈에 붙은 모든 살갗이 움츠러들었다.

나를 발견한 존은 내 손에 들린 책이 자신의 것이라고 주장하며 내게 쏘아붙였다.

"아무것도 물려받지 못하고 빌붙어 사는 비렁뱅이 주제에!"

이 집의 모든 것은 자신의 것이기 때문에 나는 사용할 수 없다는 것이다. 한참동안 모욕을 퍼붓던 존은 분을 참지 못하고 급기야 나에게 책을 던졌다. 나는 존이 던진 책에 맞아 쓰러졌다. 서러운 감정이 북받쳐 소리쳤다.

"넌 못된 심술쟁이야!"

그러자 존이 나를 향해 돌진했다. 머리칼과 어깨가 뒤로 홱 젖혀졌고, 존은 발악하듯 나를 때렸다. 그 모습이 마치 정신 나간 폭군처럼 보였다.

그때, 피 한 줄기가 머리에서 흘러내리며 날카로운 통증이 밀려왔다. 그 순간 갑자기 존에 대한 두려움이 사라졌다. 나는 미친 듯이 반항했다. 내가 팔을 어떻게 휘둘렀는지도 모르겠다.

"이 쥐새끼 같은 년!"

존은 소리 지르며 큰 소리로 울부짖었다. 가까이에 있던 존의 지원군, 엘리자와 조지아나는 즉시 리드 외숙모를 데리러 응접실로 달려갔다.

"세상에! 제인! 존 도련님한테 그게 무슨 난폭한 짓이니!"

하녀들이 나타나 나를 나무랐다.

그사이 리드 외숙모가 나타나 나를 가리키며 말했다.

"저 애를 붉은 방에 가둬."

그들은 나를 붉은 방에 데려가 넣고 문을 잠가버렸다. 오랫동안 사용하지 않았던 붉은 방은 온기가 남아있지 않아 썰렁했다. 닫힌 문을 열어보려 했지만 도무지 열리지 않았다. 누구도 나갈 수 없는 감옥에 던져진 것 같았다. 존의 폭력적인 괴롭힘, 엘리자와 조지아나의 오만한 무관심, 리드 외숙모의 증오, 하녀들의 차별. 이 모든 것들이 휘젓는 흙탕물에 떠오르는 검은 침전물처럼 내 어지러운 마음속에서 되살아났다.

'나는 어째서 늘 괴로움을 당하고, 야단맞고, 겁에 질려야 하고, 비난을 받아야 할까? 나는 어째서 늘 미움만 받는 것일까? 어째서 남들 마음에 들려고 노력해도 매번 허사가 되는 것일까?'

굴욕감과 참담함 속에서 시간을 보내는 동안 희미하게 방을 비추던 빛마저 점점 사라졌다.

붉은 방은 리드 외삼촌이 임종을 맞았던 방이다. 외삼촌의 모습이 기억나진 않지만, 엄마의 오빠이자 나의 외삼촌이었다는 사실은 분명하다. 외삼촌은 부모 잃은 나를 이 집에 데려왔고, 세상을 떠나는 마지막 순간에도 리드 외숙모에게 나를 친자식처럼 키우겠다는 맹세를 받아내셨다.

리드 외숙모는 외삼촌의 유언을 지켰다고 생각할 것이다. 하지만 친자식도 아니고, 남편의 죽음으로 인해 어떤 연결 고리도 없는, 사실상 침입자나 다름없는 아이를 어떻게 진심으로 사랑할 수 있겠는가. 나는 하고 싶지도 않았던 맹세 때문에 떠맡은, 사랑하지도 않는 데다 자신의 진짜 가족과 끊임없이 부딪치는 외부인일 뿐이다. 나를 날마다 보고 살아야 하는 것은 리드 외숙모에게도 적지 않은 괴로움일 테다.

갑자기 벽 위로 한 줄기 빛이 빠르게 드리웠다. 공포로 신경이 예민해진 내게 그 빛은 마치 저승에서 온 망령의 사자 같았다. 가슴이 답답하고 숨이 막혔다. 더 이상 참을 수 없는 지경에 이르렀을 때 나는 문으로 달려가 자물쇠를 있는 힘껏 흔들며 소리쳤다.

"내보내주세요! 내 방으로 보내주세요! 오, 외숙모! 용서해주세요! 제발 자비를 보여주세요! 여기엔 도저히 못 있겠어요! 차라리 다른 벌을 주세요. 계속 이 방에 있다간 죽고 말 거예요."

내 광기 어린 흥분과 고함 섞인 울음소리를 듣고 붉은 방에 온 외숙모는 진저리를 치며 나를 다시 방 안으로 밀어 넣고 문을 잠가버렸다. 또다시 홀로 남겨진 나는 일종의 발작을 겪었던 것 같다. 그다음 순간은 전혀 기억나지 않는다.

'리드 외숙모, 당신 때문에 나는 끔찍한 정신적 고통을 겪어야 했어. 하지만 난 당신을 용서해야 해. 당신 자신도 스스로 무슨 짓을 하는지 모른 채 저지른 잘못이니까. 내 마음을 갈기갈기 찢어 놓으면서도 당신은 그저 내 나쁜 성격을 고친다고만 생각하겠지.'

짜디짠 눈물 한 방울을 닦으면 또 다른 눈물 방울이 뺨을 타고 흘러내렸다.

그저 하녀 베시만이 유일하게 내게 다가와 울지 말라며 나를 달랬다. 활활 타오르는 불을 향해 그만 타오르라고 말하는 격이었지만, 베시가 이 병적인 고통을 이해할 리 없었다. 그 뒤, 엘리자와 조지아나는 나와 말도 섞지 않으려 했다. 분명 리드 외숙모가 시킨 일이었다.

"존, 그 아이 얘기는 꺼내지도 마라. 그 애한테 가까이 가지 말라고 했잖니. 생각하는 시간조차 낭비인 애다."

여기까지 들었을 때, 나는 난간 밖으로 몸을 기울이고 입에서 나오는 대로 고함을 질렀다.

"그 애들이야말로 나와 어울릴 자격이 없어요!"

리드 외숙모는 전에 없던 대담한 말대답에 회오리바람처럼 빠르게 내 앞으로 다가왔다. 하지만 나는 굴하지 않고 말을 이었다.

"외삼촌은 천국에서 외숙모의 모든 생각과 행동을 내려다보고 계세요. 우리 엄마 아빠도 마찬가지고요. 그분들은 외숙모가 나를 하루 종일 가둬두는 것도, 속으로는 내가 죽기만 바라고 있는 것도 다 알고 계신다구요!"

나의 외침을 듣는 리드 외숙모의 두 눈에 얼핏 두려움이 스쳤다. 리드 외숙모는 내 양쪽 따귀를 올려붙이고는 한마디 말도 없이 뒤돌아 가버렸다.

1월 15일, 오전 아홉시 경이었다. 나뭇잎처럼 창문을 뒤덮고 있던 은백색 성에를 한참이나 녹여냈을 무렵, 마차 한 대가 정문을 넘어 저택 안뜰로 들어오는 것을 볼 수 있었다. 게이츠헤드 저택을 오가는 마차들은 많았지만, 내가 흥미를 느낄 만한 손님이 오는 법은 없었다. 오늘도 가까워지는 마차를 나와는 상관없다는 눈으로 무심히 바라볼 뿐이었다.

잠시 뒤, 베시가 계단을 뛰어오르며 내가 있는 공부방으로 들어왔다. 그러고는 황급히 내 매무새를 단장해줬다. 응접실에서 나를 찾으니 곧장 내려가라는 것이었다.

'도대체 나를 만나려는 사람이 누구일까?'

겁이 나고 무서워서 덜덜 떨리는 손으로 문고리를 잡아 돌렸다.

응접실에는 리드 외숙모와 웬 무뚝뚝한 인상의 남자가 있었다. 내가 공손히 인사를 하자 리드 외숙모는 나를 무뚝뚝한 인상의 남자에게 소개했다.

"이 아이가 바로 입학을 신청한 애랍니다."

검은 기둥같이 꼿꼿이 서있던 그 손님은 나를 탐색하듯이 찬찬히 뜯어보며 물었다.

"꼬마야, 이름이 뭐니?"

"제인 에어예요."

"흠, 제인 에어. 넌 착한 아이니?"

"브로클허스트 씨, 3주 전에 편지로도 알렸지만 이 아이는 제가 바라는 성격이나 인품을 거의 갖추고 있지 못해요. 로우드 기숙 학교에 입학하게 된다면 모든 선생님들이 눈을 떼지 않고 엄하게 감독하셔야 할 겁니다. 이 아이의 가장 큰 결점은 툭하면 거짓말을 한다는 거예요. 쓸모 있는 인간이 되도록 교육해주세요. 방학에도 집에 보내실 필요가 없습니다."

나는 처음 보는 사람에게도 누군가를 아무렇지 않게 비난하는 리드 외숙모가 정말 싫었다. 리드 외숙모는 나를 몰아넣으려 하는 낯선 환경에서조차 희망을 꺾어버리려 했다. 리드 외숙모가 내 미래에 혐오와 불행의 씨앗을 뿌리고 있다는 사실을 느낄 수 있었다.

“이제 공부방으로 돌아가거라.”

리드 외숙모가 차갑게 말했다. 나는 일어나 문가를 향해 가다 되돌아 리드 외숙모에게 다가갔다. 그냥 넘어갈 수 없었다. 반드시 얘기해야만 했다. 그토록 심하게 짓밟혔으니 반격해야만 했다. 머리부터 발끝까지 몸이 떨려왔다.

“저는 거짓말을 하지 않아요. 제가 그런 아이라면 외숙모를 좋아한다고 말했을 거예요. 하지만 나는 솔직히 얘기할 수 있어요. 외숙모를 싫어한다고. 외숙모가 존 리드 다음으로 싫어요. 외숙모는 제게 애정이 없어서 사랑이나 친절을 베풀지 않아도 살아갈 수 있다고 생각하겠지만, 그건 착각이에요. 외숙모가 저를 붉은 방에 난폭하게 가뒀던 순간은 평생 잊지 못할 거예요.

심지어 그 벌을 받은 이유는 외숙모의 못된 아들이 나를 때려눕혔기 때문이었죠. 누군가 내게 그 이야기를 묻는다면, 저는 사실 그대로 얘기할 거예요. 사람들은 외숙모가 착한 사람인 줄 알겠지만, 실제로는 모질고 매정한 인간이라고요. 외숙모야말로 거짓말쟁이예요!”

“정말 당장이라도 보내버려야겠군.”

리드 외숙모는 나지막이 중얼거리더니 황급히 그 자리를 떴다. 나는 승리자가 돼 혼자 남았다. 그것은 내가 겪은 가장 치열한 전투였고, 최초의 승리였다.

2

영혼의 친구

"그런 어두운 감정이
너를 휘두르도록 내버려두지 마."

나는 외숙모의 뜻대로 로우드 기숙 학교에 보내졌다. 이곳에서의 첫날, 채 새벽이 되기도 전이었다. 날은 너무 추운데, 방 안에는 한두 개의 골풀 양초만 켜져있었다. 나는 마지못해 일어났다. 온몸이 덜덜 떨렸지만 겨우 옷을 걸쳐 입고 세면대 차례를 기다려 세수를 했다. 식당은 천장이 낮고 음산한 느낌을 주는 커다란 방이었다. 두 개의 커다란 테이블 위에 김이 모락모락 나는 냄비가 있었다. 하지만 식욕을 당기는 맛있는 냄새는 어디에도 없었다. 오히려 고약한, 악취에 가까운 냄새가 났다. 나는 경악할 수밖에 없었다.

그날 오후에 기억할 만한 사건이라면 발코니에서 잠시 대화를 나눴던 소녀가 역사 시간에 스케처드 선생님에게 꾸지람을 듣고 자리에서 쫓겨난 일이었다. 그 소녀는 커다란 교실 한복판에 서있는 벌을 받았다.

'어쩜 저렇게 의연하고 차분하게 견딜 수 있을까? 만약 내가 저런 벌을 받는다면 나는 당장 쥐구멍에라도 들어가 숨고 싶을 텐데. 저 아이는 마치 현실을 뛰어넘어 눈앞에 보이지 않는 무언가를 생각하고 있는 것 같아. 정확히 뭔지는 알 수 없지만, 혹시 저런 게 백일몽일까?'

Jane Eyre

바닥에 고정된 소녀의 눈과는 달리, 소녀는 다른 생각에 빠져있는 것이 분명했다. 오히려 소녀의 시선은 꼭 외부가 아닌 자신의 내면을 들여다보고 있는 것 같았다.

'저 아이는 어떤 아이일까?'

나는 저녁 자유 시간에 아까 그 소녀의 곁으로 다가가 앉았다. 소녀의 이름은 헬렌 번즈였다. 헬렌은 마치 보이지 않는 어떤 빛으로 사물을 바라보고 있는 것 같았다. 나는 그런 헬렌에게 이끌려 지난 세월 리드 외숙모와 그 가족들로부터 겪은 고초와 억울함을 토로했다.

"어때? 리드 외숙모는 냉정하고 나쁜 사람이지?"

나의 물음에 헬렌 번즈는 이렇게 대답했다.

"분명 너에게 심하게 대했어. 하지만 너는 그 사람이 한 행동을 너무 상세하게 기억하고 있는 것 같아. 아마 구박받았던 날들이 상처로 남았겠지. 하지만 제인, 그런 어두운 감정이 너를 휘두르도록 내버려두지 마. 가슴에 원한을 품고 잘못을 곱씹으며 살아가기에 인생은 너무 짧거든."

로우드 기숙 학교에 입학한 지 3주쯤 지난 어느 날 오후, 복잡한 수학 문제를 푸느라 낑낑대던 내 눈에 창밖의 누군가가 들어왔다. 프록코트의 단추를 꼭꼭 채운 채 전보다 더 마르고 한층 무뚝뚝해진 인상의 브로클허스트 씨였다. 나는 브로클허스트 씨의 등장이 불쾌한 이유를 수십 개도 들 수 있다. 브로클허스트 씨가 교실에 들어서자 선생님과 학생 모두 일제히 일어나 인사를 했다. 곁눈질로 보니 브로클허스트 씨는 선생님에게 지루한 설교를 늘어놓고 있었다. 나는 의자에 깊숙이 앉아서 석판으로 얼굴을 가리고 나눗셈 문제를 푸는 데 집중하는 척 했다. 눈에 띄지만 않으면 무사하리라고 생각했다.

만약 그때 내 저주받은 석판이 손에서 미끄러지지만 않았다면, 그리고 바닥에 떨어져 엄청난 소리를 내며 모두의 시선을 집중시키지만 않았다면, 나는 존재를 들키지 않고 조용히 넘어갈 수 있었을지도 모른다. 하지만 이제 다 틀렸다. 때가 오고야 만 것이다. 나는 깨진 석판을 줍기 위해 허리를 구부리며 최악의 상황에 대비해 마음을 굳게 먹었다.

"조심성 없는 아이로군! 석판을 깨뜨린 아이를 앞으로 나오게 하시오. 그리고 저 의자를 가져와."

브로클허스트 씨의 명령으로 나는 의자에 올라서야만 했다.

Liar

브로클허스트 씨는 눈을 가늘게 뜨고 나를 바라보며 이야기를 시작했다.

"여러분은 이 아이를 경계해야 해요. 절대로 이 아이처럼 돼서는 안 됩니다. 함께 놀지도 말고 말도 섞지 마세요. 선생님들도 이 아이를 특별히 감시하세요. 이 아이는 거짓말쟁이거든요!"

격양된 목소리로 말하던 브로클허스트 씨는 목소리를 가다듬고 다시 말을 이어나갔다.

"이 배은망덕한 소녀는 고아가 된 자신을 맡아 친자식처럼 돌봐준 분의 관대한 친절과 자비를 배신했습니다. 그래서 결국 그분은 순수한 자녀들을 이 아이의 못된 성품으로부터 보호하기 위해 부득이 우리 학교에 보내기로 결정하신 겁니다."

그 말을 듣는 순간 나는 감정이 북받쳐 숨이 막히고 목이 죄이는 듯했다. 도저히 표현할 길이 없을 만큼 참담했다. 나는 브로클허스트 씨가 나간 뒤에도 절망감에 마비된 채 교실 한복판에서 벌을 받고 있었다.

그때, 한 소녀가 내 곁을 지나갔다. 헬렌이었다. 공부를 하다가 선생님에게 질문을 하러 나온 것이다. 헬렌은 내 곁을 스치며 따뜻한 미소를 지어보였다. 그 빛이 얼마나 신비롭게 밀려왔는지! 나는 지금도 훌륭한 지혜와 진정한 용기에서 우러나온 그 표정을 기억하고 있다. 그 미소는 나에게 새로운 힘을 솟아나게 만들었다. 마치 영웅이 희생자의 곁에서 힘을 불어넣는 것 같았다. 그 힘 덕분에 격렬해지는 감정을 누르며 굳세게 버틸 수 있었다.

헬렌의 팔에는 '게으름 배지'가 달려있었다. 한 시간 전쯤, 연습 문제를 쓰다가 잉크를 흘렸다는 이유로 스캐처드 선생님에게 받은 것이었다. 스캐처드 선생님은 헬렌에게 하루 종일 물과 빵만 먹는 벌을 내렸다.

세상에 완벽한 사람이 어디 있을까? 밝게 빛나는 달의 표면에도 검은 얼룩들이 있는데, 스캐처드 선생님 같은 사람은 사소한 결점만 볼 뿐 달 천체가 뿜어내는 찬란한 빛은 보지 못하는 것이다.

로우드 기숙 학교에서 겪는 궁핍과 고생은 시간이 흐를수록 점점 익숙해졌다. 계절도 변화를 맞아 곳곳에 알록달록한 꽃잎들이 색을 드러내기 시작했다. 언덕과 숲, 시냇물에 둘러싸인 학교는 꽤나 아늑한 느낌일 것 같지만, 상상처럼 좋은 환경은 절대 아니다. 로우드 기숙 학교가 자리 잡은 숲속 골짜기는 안개와 안개로 인한 유행병의 온상이었다. 소생하는 봄과 함께 찾아온 병균은 기숙 학교를 빙자한 고아 수용소에 침투해 발진 티푸스를 유행시켰다. 전염병은 학생들의 부실한 영양 상태와 소홀한 감기 치료 탓에 빠른 속도로 번져나갔다.

5월이 채 되기도 전에 전염병은 로우드 기숙 학교를 감쌌고, 죽음은 가장 자주 드나드는 방문객이 됐다. 근심과 공포로 휩싸인 학교에는 병원 냄새가 가득했다. 수많은 약이 죽음의 냄새를 억누르기 위해 헛된 수고를 하고 있는 동안에도 창밖으로는 아름다운 수풀과 구름 한 점 없는 5월의 하늘이 찬란하게 빛나고 있었다.

최근에 나와 가장 많은 시간을 보낸 친구는 영리하고 눈치 빠른 소녀 메리 앤 윌슨이었다. 재치 있고 당당한 태도가 마음에 들었고, 함께 있으면 마음이 편한 점도 좋았다. 그런데 헬렌은 어디에 있단 말인가? 메리 앤이 그저 재미있는 이야기에 맞장구를 쳐주는 정도라면, 헬렌은 본인과 이야기하는 특권을 누리는 상대방에게 자신의 고상한 취향을 전해주는 능력이 있었다. 한때 세상 그 무엇보다 내 마음을 부드럽게 어루만져준 헬렌에 대한 나의 애착은 단단하면서도 애정 어린 존경심으로까지 발전했다.

하지만 이제 헬렌은 환자 신세다. 벌써 몇 주째 2층 어느 방엔가 격리돼 볼 수조차 없었다. 선생님께 헬렌의 안부를 묻자 이곳에 오래는 못 있을 거라고 하셨다. 만약 예전에 이런 이야기를 들었다면, 나는 헬렌이 고향인 노섬벌랜드로 돌아간다는 뜻으로 받아들였을 것이다. 하지만 지금은 안다. 헬렌의 마지막 순간이 다가오고 있음을.

헬렌은 이제 영혼의 세계로 떠날 준비를 하고 있었다. 더 이상 헬렌을 볼 수 없다는 생각이 들자 극심한 공포와 격렬한 슬픔이 밀려왔다. 동시에 헬렌을 만나고 싶다는 강한 충동이 일었다. 밤 열한 시쯤 됐을까, 잠을 이룰 수 없었던 나는 모두가 잠든 고요한 기숙사의 분위기를 느꼈다. 헬렌을 만나러 갈 절호의 기회였다. 살며시 일어나 잠옷 위에 겉옷을 걸쳤다. 그리고 발소리를 죽여가며 맨발로 침실을 몰래 빠져나와 헬렌이 있는 방으로 향했다.

"헬렌, 깨어 있니?"

나는 눈으로 헬렌을 좇았다. 죽음의 모습을 보게 될까 두려워하면서.

"혹시 제인이니?"

조그만 침대 곁에서 대답이 들려왔다.

"네가 보고 싶어서 왔어."

"작별 인사를 하러 왔구나. 그렇다면 알맞은 타이밍에 잘 왔어."

헬렌의 말에 나는 눈물을 삼켰다. 그동안 헬렌은 발작적으로 기침을 터뜨렸다. 오랜 침묵 끝에 헬렌은 소곤거리듯 작은 목소리로 말을 했다.

"제인, 나는 행복한 사람이었어. 그러니 내가 죽었다는 소식을 듣더라도 너무 슬퍼하지는 마. 슬퍼할 일이 아니니까. 사람은 누구나 언젠가는 죽음을 맞이하고, 나를 데려가는 이 병은 그다지 고통스럽지도 않거든. 부드럽게 조금씩 악화될 뿐이야. 내 마음은 아주 편해."

"죽은 다음엔 어디로 가는데? 너는 아니? 네 눈에는 보여?"

"나는 믿음을 가지고 있어. 하나님 곁으로 가는 거야."

"하나님이 어디 있는데? 하나님이 뭔데?"

"나와 너를 만들어주신 분이지. 그분은 손수 만드신 것을 절대 자기 손으로 무너뜨리지 않으셔."

나는 헬렌의 목에 얼굴을 파묻었다. 잠시 뒤, 헬렌이 더할 나위 없이 상냥한 목소리로 말했다.

“정말 편안한 기분이야! 사실 아까 기침을 많이 해서 조금 지쳤었거든. 이제 편히 잠들 수 있을 것 같아. 하지만 내 곁을 떠나지 말아줘, 제인. 네가 곁에 있어주면 좋겠어.”

“떠나지 않을게, 헬렌. 누가 뭐래도 여기 있을 거야.”

“잘 자, 제인.”

“잘 자, 헬렌.”

헬렌 번즈는 브로클브리지 교회에 묻혔다. 헬렌이 세상을 떠난 뒤 15년 동안이나 헬렌의 무덤은 그저 풀이 우거진 흙더미에 지나지 않았다. 하지만 지금은 ‘부활하리라’라는 묘비명과 함께 이름이 새겨진 회색 비석이 무덤의 주인이 헬렌임을 알려주고 있다.

3

더 넓은 세계로

"아직 당신의 영혼은
잠들어있는 것과 마찬가지라오."

발진 티푸스는 파괴적인 임무 수행을 마치고 사라져갔지만, 엄청난 수의 희생자로 인해 로우드 기숙 학교는 세간의 이목을 받고 말았다. 건강에 해로운 학교 부지, 학생들이 먹었던 음식의 질과 양, 조리에 사용된 냄새나고 소금기 있는 물, 학생들의 비참한 의복과 열악한 시설까지. 이 모든 것이 세상에 알려지면서 브로클허스트 씨는 굴욕을 겪어야 했지만, 로우드 기숙 학교는 머지않아 유익하고 훌륭한 교육 기관으로 변모했다. 학교와 학생들에게는 좋은 일이 된 셈이다. 나는 개선된 학교에서 6년은 학생으로, 2년은 교사로 총 8년 동안 머물렀다. 그렇기에 로우드 기숙 학교가 학생과 교사 모두에게 이롭고 가치 있는 학교라는 사실을 증언할 수 있다. 그리고 수많은 변화 속에서도 변치 않고 내가 의지했던 사람이 있었다.

처음 로우드 기숙 학교에 들어왔을 때부터 가르침을 주신 템플 선생님이었다. 내가 가진 지식과 교양은 대부분 그분에게 배운 것들이었고, 선생님과의 우정은 언제나 내게 위안을 주었다. 템플 선생님은 나의 어머니이자 스승이었고, 나중에는 친구가 돼줬다.

그러나 운명의 장난은 네이즈미스 목사라는 존재를 우리 사이에 밀어 넣었다. 네이즈미스 목사와의 결혼식을 마치고 역마차에 오르는 템플 선생님에게 나는 인사를 건넸다. 그리고 내 방으로 돌아와 결혼식 때문에 단축 수업을 하며 생겨난 여유 시간 대부분을 혼자서 고독하게 보냈다. 그 고독함 속에서 흘러간 시간을 되돌아보니 난 단 한 번도 로우드 기숙 학교 부지를 벗어난 적이 없었다. 이곳의 생활 방식이나 인간관계가 내가 알고 있는 것의 전부였다. 바로 그 순간, 이런 나의 경험만으로는 만족할 수 없다는 사실을 깨달았다.

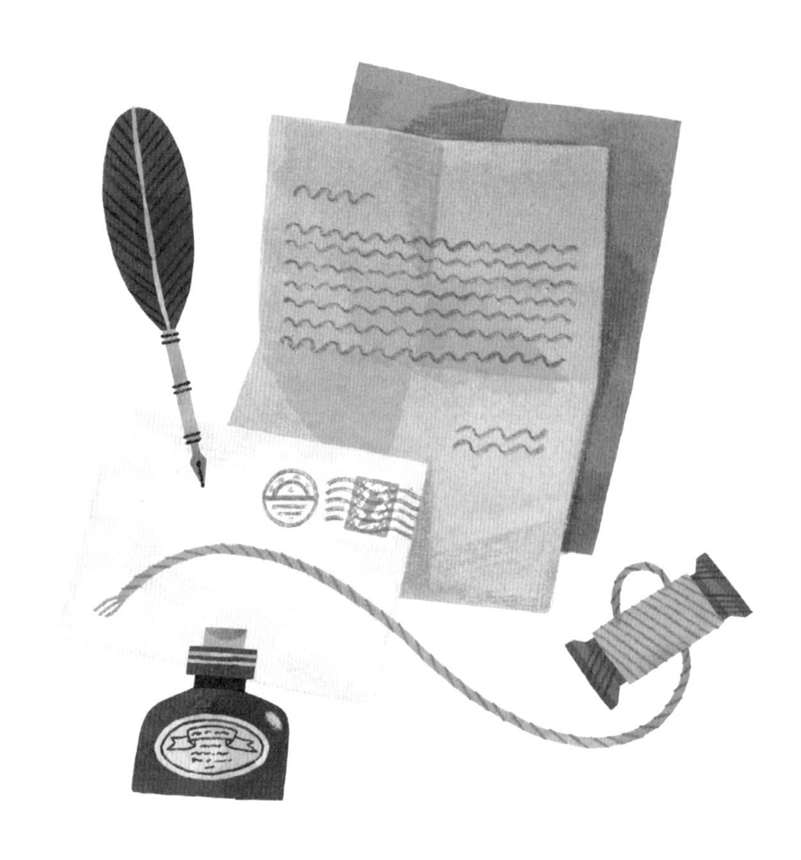

날이 밝자마자 일어나 광고문을 썼다.

'교사 경력이 있는 젊은 여성이 14세 미만의 아이가 있는 집에 가정 교사로 취업을 원함. 영국의 정규 과목은 물론 프랑스어, 미술, 음악 등의 교사 자격이 있음. 회신은 로튼 우체국, J. E. 앞으로 보낼 것.'

나는 2년 동안 학생들을 가르친 경험이 있었다. 하지만 고작 열여덟이라는 나이에 또래의 학생을 가르치는 건 무리라고 생각했다. 지금 생각해보면 빈약하기 짝이 없는 수준이지만, 당시에는 이 정도도 꽤나 다채롭고 유능해 보인다고 착각했다.

광고문을 올리고 얼마 지나지 않아 한 장의 편지가 내 앞으로 도착했다.

'지난 주 목요일 신문에 구직 광고를 내신 J. E. 양이 기재한 바와 같은 학식을 갖추고 신원과 학력에 대해 믿을 만한 보증서를 제출한다면, 10세 미만의 아이가 한 명 있는 가정에서 일자리를 제공할 의사가 있습니다. 보수는 1년에 30파운드입니다. 신원 보증서와 성명, 주소 등 상세한 정보를 기다리겠습니다. 밀코트 지역 손필드 저택, 페어팩스 부인으로부터.'

나는 새로운 일과 새로운 생활이 기다리고 있는 미지의 장소, 밀코트로 나를 실어다줄 마차에 올랐다.

오랜 시간 안개 속에서 진흙탕 길을 달리던 마차가 서서히 정돈된 도로에 들어서더니 한 건물에 도착했다. 마차가 건물 현관 입구에 멈춰 서자 하녀가 나왔다. 안내를 받아 집에 들어서니 난로와 촛불이 빛나고 있었다. 어둠에 적응해있던 눈이 갑자기 나타난 밝은 빛에 순간적으로 멀어 한동안 아무것도 볼 수 없었다.

잠시 뒤, 아늑하고 포근한 방 안 풍경이 서서히 눈에 들어왔다. 페어팩스 부인은 내가 상상하던 그대로 수수하고 상냥한 인상을 풍겼다. 처음에는 페어팩스 부인이 집의 안주인일 것이라 생각했다. 하지만 부인은 자신이 관리인일 뿐이라고 커다란 고양이를 발치에 둔 채 뜨개질을 하며 말했다. 이런 풍경은 평온한 가정의 이미지에서 한 치도 벗어나지 않는 모습이었다. 새로 온 가정교사에게 이보다 마음 놓이는 신호가 있을까. 상대방을 찍어 누르는 위압감도, 당황시키는 도도함도 찾아볼 수 없었다.

나의 학생 아델은 순한 아이였지만, 배움에 대한 열정은 크지 않았다. 나는 그런 아델에게 공부는 적당히 시키고, 대신 다양한 이야기를 들려줬다. 처음부터 지나치게 강요하면 오히려 역효과를 일으킬 것 같았기 때문이다.

이 거대한 저택을 둘러보고 있던 어느 날이었다. 조용한 복도를 따라 발걸음을 옮기는데, 이토록 고요한 곳에서 들을 거라고는 생각도 못했던 요란한 웃음소리가 선명히 귓가에 들려왔다. 침울하고도 기이한 웃음소리였다. 내가 발걸음을 멈추자 웃음소리도 멎었다. 나는 다급히 페어팩스 부인을 불렀다.

"방금 들으셨어요? 누가 그렇게 시끄럽게 웃는 건가요?"

"하인 중 한 사람이겠지요. 아마도 그레이스 풀일 겁니다."

다시 들려온 웃음소리는 낮고 규칙적인 톤으로 되풀이되더니 야릇하게 웅얼거리는 소리가 되며 멎었다.

"그레이스! 그만!"

부인이 외쳤다. 그레이스 같은 인간이 깍듯이 대답하리라는 생각은 들지 않았다. 그토록 비극적이고 괴상한 웃음소리는 처음 들어봤다. 한낮의 기괴한 웃음소리에 잠시 공포에 사로잡혔지만, 목소리의 주인공인 그레이스 풀이 나타나면서 마음을 놓게 됐다.

"그레이스 풀, 너무 시끄러워요."

페어팩스 부인이 말하자 그레이스 풀은 조용히 예의를 갖추고 다시 방으로 들어갔다.

Grace Poole

손필드에서의 시간도 몇 달이 지나갔다. 그날은 매섭게 추웠지만 화창하고 평온한 날이었다. 아델이 감기 기운이 있다며 하루만 공부를 쉬게 해달라고 부탁했다. 나는 갑자기 생긴 오전 시간 내내 서재에 앉아있었다. 서재에서의 시간이 답답하고 지루해질 무렵, 페어팩스 부인이 부칠 편지가 있다고 하기에 내가 대신 마을 우체국에 다녀오기로 했다.

나는 보닛을 쓰고 외투를 걸친 뒤 집을 나섰다. 길은 꽁꽁 얼어있었지만 바람은 불지 않았다. 인기척조차 느껴지지 않는 오솔길은 마을까지 줄곧 오르막이었다. 중간쯤 올랐을 때, 나는 들판으로 통하는 울타리 난간에 걸터앉았다.

그렇게 나무 사이로 저녁놀이 지고, 시뻘건 태양이 숲 그늘로 사라질 때까지 머물렀다. 마침내 언덕 꼭대기로 달이 떠오르고 있었다. 바로 그때, 졸졸 흐르는 시냇물 소리 사이로 거친 소음이 또렷하게 들려왔다. 조금 멀게 느껴지기는 했지만, 말이 달릴 때 자갈이 튀는 소리가 분명했다. 말발굽 소리는 아주 가까운 곳까지 다가왔지만, 여전히 형체는 보이지 않았다.

그때 또 다른 무언가가 산울타리 아래로 달려오는 소리가 나더니, 바로 옆에 있던 개암나무 줄기 아래로 커다란 개가 미끄러지듯 뛰어갔다. 뒤이어 말도 모습을 드러냈다. 사람을 태운 커다란 말이었다. 말이 지나간 뒤 나도 반대 방향으로 내 갈 길을 갔다. 하지만 이내 뒤를 돌아볼 수밖에 없었다.

"이 녀석이 왜 이러는 거야!"

고함과 함께 미끄러지는 소리, 그리고 쿵 하고 넘어지는 소리가 내 주의를 끌었기 때문이다.

가까이 다가가니 사람과 말이 함께 넘어져 있었다. 말은 헐떡이며 땅을 차고 개는 심하게 짖어 댔다. 나는 몇 미터 밖으로 피해야 했다.

"파일럿, 앉아!"

명령과 함께 개가 짖기를 멈췄다. 낮의 빛이 어스름하게 남은데다 달빛이 환하게 밝아지고 있었기 때문에, 나는 그의 모습을 똑똑히 볼 수 있었다. 그는 가무잡잡한 얼굴에 미간을 잔뜩 찌푸리고 있었다. 청년기는 지났지만 아직 중년은 맞지 않은, 서른다섯쯤 돼 보이는 외모였다. 그의 눈빛과 눈썹만으로도 지금 화가 잔뜩 났으며 뜻대로 일이 돌아가고 있지 않다는 것을 알 수 있었다.

그는 혼잣말로 욕을 하고 있는 듯했으나 확실치는 않았다. 이상하게도 나는 그가 두렵지 않았다. 딱히 수줍은 느낌도 들지 않았다.

"어디 다치신 곳은 없나요? 도와드릴까요?"

만약 그가 수려한 미남이거나 늠름한 인상의 젊은 신사였다면, 이렇게 상대가 바라지도 않는데 귀찮게 질문을 던지거나 먼저 도움을 주겠다 말하지 않았을 것이다. 나는 그때까지 살면서 젊은 미남을 만나본 적도 없었고, 당연히 얘기를 해본 적도 없었다. 아름다움, 우아함, 정중함 같은 남성의 매력은 내게 이론상으로만 존재하는 개념이었다.

나는 그런 가치를 존중하고 존경했지만, 만약 그런 요소들이 진짜 남성의 모습으로 내 앞에 나타난다면 그와 나 사이에 어떤 공감대도 형성되지 않으리라는 사실을 본능적으로 직감했을 것이다. 그래서 불이나 번개 같은, 밝지만 위험한 것을 마주했을 때처럼 피하려고 했음이 분명하다. 하지만 그의 찌푸린 표정과 무뚝뚝한 태도는 오히려 내 마음을 편안하게 했다. 그는 나에게 가라는 손짓을 해보였지만, 나는 그 자리에 버티고 서서 말했다.

"이렇게 어두운데다 인적이 드문 길가에 사고 당한 사람을 그냥 두고 갈 순 없어요. 말에 오르시는 걸 직접 보고 가겠어요."

"당신이야말로 집으로 돌아가야 하지 않겠소? 집이 이 근처라면 말이오. 어디서 오셨소?"

"저 아래에서 왔어요."

"저 아래라면…… 저 담으로 둘러싸인 저택 말이오?"

"네, 그래요."

"저기가 어느 분 댁이오?"

"로체스터 씨의 저택입니다"

"그분을 아시오?"

"아니요. 아직 만나본 적은 없어요."

"하인 갈지는 않으시고……."

"저는 가정 교사예요."

"아하! 가정 교사로군!"

그는 내 대답은 되풀이하더니 말을 이었다.

"고맙소. 그럼 어서 볼일을 보고 되도록 빨리 집에 돌아가시오."

그가 구두 뒤축으로 말을 툭 치자, 말이 뒷발로 껑충 일어나 달리기 시작했고 개가 그 뒤를 쫓았다. 사람과 말, 개는 그렇게 내 시야에서 사라졌다.

집으로 돌아오니 웬일인지 안쪽에서 사람들이 웅성거리는 소리가 났다. 나는 페어팩스 부인의 방으로 향했다. 벽난로에는 장작이 타고 있었으나, 부인의 모습은 보이지 않았다. 대신 커다란 개 한 마리가 양탄자에 의젓하게 앉아서 벽난로의 불꽃을 바라보고 있었다. 그런데 오솔길에서 마주친 개와 너무나 비슷했다. 가까이 다가가 이름을 불러보았다.

"파일럿?"

그러자 개가 벌떡 일어나 다가오더니 '킁킁' 냄새를 맡았다. 쓰다듬어주자 커다란 꼬리를 마구 흔들기까지 했다. 때마침 방으로 들어온 하인에게 개에 대해 묻자 하인이 대답했다.

"로체스터 주인님이 데려오셨어요. 방금 도착하셨거든요."

나는 손필드 저택이 하룻밤 사이에 완전히 변했다는 사실을 깨달았다. 그곳은 더 이상 예배당처럼 조용한 공간이 아니었다. 한두 시간 간격으로 현관에서 노크 소리와 초인종이 울렸다. 발소리가 끊임없이 홀을 가로질렀고, 아래층에서는 서로 다른 억양의 낯선 목소리들이 들렸다. 나는 아델을 재운 뒤 페어팩스 부인의 방으로 갔다.

"로체스터 씨가 그렇게 별난 분은 아니라고 하셨지요?"

"네. 별난 분처럼 보이나요?"

"제 눈에는요. 감정 기복이 심하고 상당히 무뚝뚝한 성격 같던데요."

나는 그와 홀이나 계단, 복도에서 마주치는 게 전부였다. 때때로 그는 나를 냉정한 눈빛으로 흘깃 쳐다보거나 떨떠름한 표정으로 고개를 까딱하며 겨우 아는 척을 한 뒤 오만한 태도로 휙 지나갔다. 신사답게 정중한 인사를 건네거나 미소를 짓는 경우도 있었다. 하지만 수시로 바뀌는 그의 기분에도 난 아무렇지 않았다. 애초에 나와는 아무 상관없는 일이었기 때문이다.

어느 날, 홀로 정원을 거닐고 있을 때였다. 갑자기 로체스터 씨가 다가와 함께 걷기를 청했다. 함께 걸으며 그는 나의 과거나 취미 같은 것에 대해 물어보고 자기 자신의 이야기도 들려줬다. 아델의 엄마는 프랑스 오페라 가수 셀린 바랭스로, 한때 로체스터 씨의 마음을 사로잡은 여인이었다.

"영국 촌놈이 프랑스의 여신을 얻었다는 생각에 기분이 으쓱해져서 호텔을 잡아주고 하인에 마차, 온갖 값비싼 것들을 산더미처럼 안겨줬단 말이오. 어느 날 밤이었지. 그녀의 방을 예고 없이 찾았더니 군모를 쓴 남자와 함께 호텔로 들어오더군. 그 순간, 초록빛 질투의 뱀이 순식간에 나에게 미끄러져 들어와 내 심장을 완전히 집어삼켰소.

내가 이 얘기를 당신에게 털어놓게 되다니 참 이상하군. 에어 양은 아마도 질투를 느껴본 적 없겠지? 사랑을 해본 적이 없을 테니까. 아직 당신의 영혼은 잠들어있는 것과 마찬가지라오. 그것을 흔들어 깨울 충격이 아직 찾아오지 않았지. 언젠가는 암초가 많은 물길에 다다르게 될 거요. 인생의 모든 흐름이 소용돌이치며 흔들리고 물거품과 소음이 일어나는 곳으로 말이오."

잠시 생각에 잠긴 그는 다시 이야기를 이어나갔다.

"셀린과 들어온 남자는 멍청하고 경박한 난봉꾼 귀족이었소. 그녀가 바람을 피운 상대가 그런 치라는 사실을 알게 되자, 순식간에 질투라는 뱀의 송곳니도 부러져 버리더군. 그녀에 대한 열렬한 사랑도 뚜껑을 덮어씌운 촛불처럼 훅 꺼져버렸소. 이런 남자 때문에 나를 배신할 여자라면 다툴 가치도 없고, 그저 경멸하는 것으로도 충분했으니까.

나는 즉시 호텔 방을 비우라고 통보했지. 하지만 안타깝게도 셀린은 반년 전에 아델을 낳아 내 아이라고 주장하는 상태였소. 그때도 그랬고, 지금도 나는 아델을 부양할 의무가 있다고 생각하지 않소. 친아버지가 아니니까. 그러나 셀린이 아이를 버리고 또 다른 남자와 이탈리아로 도망갔을 때 나는 아이가 의지할 데가 없다는 사실을 알게 됐소.

차마 저 가엾은 애를 파리의 시궁창에 내버려둘 수가 없어 영국 시골의 건강한 대지 위에서 기르기로 마음먹었다오. 그래서 이리로 데려오게 됐지. 그리고 아이 교육을 맡기기 위해 페어팩스 부인이 당신을 찾아낸 거라오."

그 뒤로도 나는 로체스터 씨와 종종 대화를 나누었다. 그에게 나는 더 이상 성가신 존재가 아니었고, 그는 차갑고 오만한 태도로 날 대하지도 않았다. 오히려 우연히 마주치기라도 하면 반갑다는 표정을 지으며 내게 말을 걸었다. 때로는 미소를 짓기도 했다. 정식으로 나를 불러냈을 때도 정중하게 대우하며, 마치 내게 그를 기쁘게 만들 능력이 있다고 느끼게 하기도 했다. 그럴 때 나누는 대화는 나를 위해서라기보다 로체스터 씨 자신이 즐거워서 나누는 것 같았다.

감사한 마음과 즐거운 기억들, 다정한 선의 덕분에 나는 점점 그가 보고 싶어졌다. 그가 방 안에 있으면 그 어떤 뜨거운 불빛보다도 훈훈한 기운이 넘쳤다. 그렇다고 해서 내가 그의 결점을 잊은 것은 아니다. 그는 여전히 오만하고 신랄하며 가혹했다. 때로는 까닭을 알 수 없는 침울함의 늪에 빠지기도 했다. 지금 당장은 조금 훼손되고 헝클어져 있지만, 나는 그에게 훌륭한 본성이 숨어있다고 생각했다. 그것이 무엇이든, 그의 고통을 함께 나누며 덜어주고 싶은 마음이 생겨나는 것은 부정할 수 없었다.

4

손필드의 밤

"겨우 도착한 샘물에 독이 있음을 알면서도
기꺼이 마시는 기분이 이런 것일까."

페어팩스 부인은 로체스터 씨가 이 집에 보름 이상 머무르는 일은 없다고 했다. 하지만 이번에는 어쩐 일로 8주가 넘게 지내고 있었다. 촛불을 끄고 자리에 누웠지만 이런저런 생각에 좀처럼 잠들지 못하고 뒤척였다.

'그가 다시 돌아가 버리면 내 마음은 얼마나 쓸쓸해질까?'

그가 없는 저택에서는 맑게 갠 하늘도 회색빛으로 보일 것 같았다. 그 뒤로 내가 잠이 들었는지 아닌지는 분명하지 않다. 분명한 것은 내가 나지막한 중얼거림을 듣고 눈을 떴다는 것이다. 기묘하고 우울한 소리는 방문 바로 밖에서 나고 있었다. 밤은 캄캄했고 음산하리만큼 으스스해서 촛불을 끈 것이 후회됐다. 소리가 잠잠해져서 다시 잠을 청하려 했지만 쉽지 않았다. 마음이 불안하고 두근거렸다.

바로 그때 내 침실 문에 누군가 손을 대는 기척이 들렸다. 누구냐고 물었으나 대답은 돌아오지 않았다. 두려움에 등줄기가 오싹했다. 침실 문고리의 열쇠 구멍을 통해 악마의 웃음소리 같은 것이 흘러들어 왔다. 나지막하면서도 굵직하고 목이 졸린 듯 컥컥대는 웃음소리가.

'악마에 홀린 것 같은 목소리, 그레이스 풀이었을까?'

두려움에 사로잡힌 나는 더 이상 혼자 있을 수 없었다. 페어팩스 부인에게라도 가야 할 것 같아 황급히 숄을 걸치고 떨리는 손으로 문을 열었다.

그 순간, 복도를 가득 채우고 있던 타는 냄새와 매캐한 연기가 훅 들어왔다. 깜짝 놀라 연기를 따라가니 로체스터 씨의 침실 문틈에서 뭉게뭉게 흘러나오고 있었다. 문을 열고 들어가니 로체스터 씨는 깊은 잠에 든 채 불길과 연기 한가운데서 미동도 없이 누워있었다. 나는 물병을 찾아 로체스터 씨의 침대에 물을 쏟아부은 뒤, 내 방으로 달려가 물병을 들고 와서 다시 한 번 침대에 부었다.

다행스럽게도 침대를 막 집어삼키려던 화염은 가까스로 잡혔다. 꺼진 불씨가 물과 만나 '치익' 하는 소음, 물을 퍼부으며 손에서 미끄러진 물동이가 산산조각 나는 소리가 귓가를 맴돌았다. 하지만 무엇보다 중요한 건 내가 끼얹은 물에 로체스터 씨가 눈을 떴다는 것이다.

"이게 어떻게 된 거요? 누구 짓이오?"

나는 간밤에 들었던 기이한 웃음소리, 복도에 가득한 연기와 타는 냄새, 손에 잡히는 대로 물을 부은 이야기 등을 짤막하게 설명했다. 로체스터 씨는 심각한 표정으로 귀를 기울였다. 내 얘기를 듣는 동안 그의 표정은 놀라움보다 걱정하는 쪽에 가까웠다. 내 얘기를 다 듣고도 그는 조용했다. 사람들을 깨우겠다는 내게 그는 그럴 필요가 없다고 했다.

"몇 분만 기다리시오. 촛불은 내가 갖고 가겠소. 내가 돌아올 때까지 그 자리에 가만히 있어요."

나는 그가 떠난 적막하고 어두운 방에 혼자 남아있었다. 상당히 오랜 시간이 흐른 뒤 방으로 돌아온 로체스터 씨의 표정이 창백하고 우울했다. 그가 촛불을 세면대 위에 올려두며 말했다.

"전부 확인했소. 역시 내 예상이 맞더군."

"침실 문을 열었을 때 무엇을 보았소?"

"땅바닥에 놓인 촛불밖에 못 봤어요."

"하지만 이상한 웃음소리를 들은 거죠? 그전에도 비슷한 웃음소리를 들었고?"

"네. 그레이스 풀이라는 하녀가 그런 식으로 웃는다더군요. 정말 이상한 사람이에요."

"맞소. 짐작했던 대로 그레이스 풀이오. 당신 말처럼 이상한 여자지. 이 일은 내가 잘 해결할 테니, 다른 사람들에게는 얘기하지 말아주오. 이제 방으로 가 보오. 나는 서재에서 잠을 청해야겠군."

"네, 그럼 안녕히 주무세요."

인사를 하고 돌아서려고 하니 그는 당황한 표정을 지었다.

"뭐요? 그렇게 바로 나를 두고 간단 말이오? 망설임 하나 없이?"

방금 나더러 방으로 돌아가라고 하지 않았던가? 나는 앞뒤가 맞지 않는 말에 당황해 물었다.

"돌아가라고 하셨잖아요?"

"제대로 된 인사도 없이 그렇게 가라는 뜻은 아니었소."

로체스터 씨가 손을 내밀었다. 나도 손을 내밀었다. 그는 내 손을 한 손으로 잡더니, 잠시 뒤 두 손으로 꼭 쥐었다.

"당신은 내 생명의 은인이오. 당신에게 이렇게 큰 은혜를 입었다는 사실이 무척 기쁘오. 당신 아닌 다른 사람에게 이런 빚을 졌다면 참을 수 없었을 거요. 하지만 당신은 다르오. 언젠가 당신이 내게 어떤 식으로든 좋은 일을 해주리라는 것을 알았소. 처음 만났을 때부터 당신의 눈빛에서 그런 기운을 느꼈단 말이오. 당신의 표정과 미소는……."

잠시 입을 다문 그의 표정에서 전에는 볼 수 없던 열정이 드러났다.

"당신의 표정과 미소는 아무런 의미도 없이 내 마음 가장 깊은 곳에 기쁨을 전해준 것이 아니오."

"마침 제가 잠에서 깨어있었던 것뿐인 걸요."

다시 인사를 하고 나가려는 내게 그가 말했다.

"제인, 정말 방으로 돌아가려 하오?"

"페어팩스 부인이 일어난 것 같아요."

그는 마지못해 내 손을 놓아줬고 나는 방으로 돌아왔다. 잠을 청하기 위해 침대에 누웠으나 잠은 오지 않았다. 나는 동이 틀 때까지 기쁨의 파도와 그 밑에서 일렁이는 걱정의 물결 위를 떠다니고 있었다. 즐거우면서도 어딘지 불안한 감정의 바다 위를 표류하며.

잠 못 이룬 긴 밤이 지나고, 나는 로체스터 씨가 보고 싶었지만 한편으로는 만나기가 두려웠다. 그의 목소리를 듣고 싶었으나 그와 눈길을 마주치기가 겁났다. 이런 복잡한 감정 사이에서 그가 나타나기만을 기다렸다. 하지만 오전 시간은 평소와 다름없이 지나갔다. 점심을 먹으러 아래층으로 내려가며 로체스터 씨의 방을 들여다보니 모든 것이 깔끔하게 정리돼있었다. 누군가 방 안에서 새 커튼에 고리를 끼우고 있었는데, 바로 그레이스 풀이었다.

그레이스 풀은 여느 때처럼 지루하고 뚱한 표정으로 앉아있었다. 물론 아직 나의 추측일 뿐이지만, 그녀가 공격한 피해자가 간밤에 그녀를 쫓아가서 범죄를 들춰내지 않았던가. 하지만 그레이스 풀은 그런 일을 겪은 사람으로는 전혀 보이지 않았다. 오히려 무심하고 짤막하게 인사를 건네는 모습이었다. 놀라고 당황한 건 내 쪽이었다. 나는 로체스터 씨를 만나 묻고 싶었다. 지난밤 끔찍한 방화를 저지른 범인이 그녀라고 생각하는지, 만약 그렇다면 어째서 그런 죄를 비밀로 묻어두는 건지.

저녁놀이 깔리고 아델이 유모와 놀이방으로 떠나자 나는 로체스터 씨를 만나고 싶은 마음이 더욱 간절해졌다. 혹시 아래층에서 벨소리가 나지 않을까, 하인 중 한 명이 로체스터 씨의 초대를 전하러 올라오지 않을까 싶어 신경을 곤두세웠다. 그의 발소리가 들리고 문이 열리길, 그가 들어오길 상상하며 하염없이 문을 향해 고개를 돌렸다. 하지만 문은 꼼짝도 하지 않았고, 창밖으로는 어둠이 밀려왔다.

“맑은 밤이네요. 로체스터 씨가 여행갈 날을 잘 택하셨어요.”

유리창 너머를 바라보며 페어팩스 부인이 말했다.

“여행이라뇨? 전 전혀 모르고 있었는데요.”

“로체스터 씨는 리스 저택에 가셨답니다. 꽤 큰 파티가 열리는 모양이에요. 로체스터 씨는 사교에 능하고 뛰어난 말주변 때문에 따르는 숙녀들도 많지요.”

“리스 저택에도 숙녀들이 있나요?”

“아주 아름다운 블랑슈 잉그램 아가씨가 있어요. 6~7년 전 로체스터 씨가 베푼 크리스마스 파티와 무도회에 참석하셨는데 독보적으로 빛나더군요.”

“그 미인 아가씨는 아직 결혼을 안 했나요?”

“안 한 것으로 알아요.”

“하지만 부유한 귀족이나 신사가 청혼하지 않았을까요? 로체스터 씨 같은 분이 말이에요. 그분도 재산이 상당하시니까.”

“그건 그래요. 하지만 로체스터 씨는 그런 생각을 잘 안 하시는 것 같아요.”

다시 방에 혼자 남게 되자, 부인으로부터 들은 이야기가 내 머릿속을 헤집었다. 그리고 나는 상상 속의 법정에 불려 나갔다. 기억이라는 증거를 토대로 그날 이후 내가 품었던 상상과 소망, 감정에 대해 진술했고, 2주 가까이 사로잡혔던 마음에 대해 증언했다. 그러자 '이성'이 앞으로 나서서 냉정한 말투로 지적했다. 내가 현실은 외면한 채 미친 듯이 이상만 좇고 있다고.

'세상에 제인 에어보다 어리석은 바보가 숨을 쉰 적은 없다. 어떤 멍청이라도 제인 에어처럼 달콤한 거짓말을 덥석 믿고 치명적인 독을 달콤한 술처럼 기꺼이 마신 이는 없을 것이다. 네가 감히 로체스터 씨의 마음에 들 수 있다고 생각한 거야?

너의 어리석음이 역겹다. 세상 경험도 많고 집안도 좋은 남자가 철없는 고용인에게 마음이 있을 리가 없지. 너는 순진하게도 가끔씩 보여준 애매한 호의에 기고만장해졌던 것이다. 어떻게 그럴 수가 있단 말인가? 이 가엾고 멍청한 바보야!'

나는 다음과 같은 판결을 내렸다.

'피고 제인 에어는 판결에 귀를 기울이라. 내일 아침 거울 앞에 앉아서 충실한 자화상을 그려라. 결점을 하나라도 빼놓거나 축소해서는 안 된다. 그리고 그림 앞에 이렇게 적어라. '오갈 데 없이 가난하고 못생긴 어느 가정 교사의 초상'이라고. 그다음에는 고급 종이를 한 장 꺼내 상상할 수 있는 가장 아름다운 얼굴의 윤곽을 공들여 그리고, 가장 섬세한 음영과 색을 입혀라. 그 그림에는 '재색을 겸비한 명문가의 블랑슈 잉그램 양'이라고 적어라.

앞으로 로체스터 씨가 네게 호감을 가지고 있다는 착각이 들 때마다 두 장의 그림을 꺼내 비교하며 이렇게 말해라.

"원하기만 하면 이렇게 완벽한 여성의 마음을 얻을 수 있는 로체스터 씨가 나처럼 가난하고 볼품없는 여자를 사랑할 가능성이 있는가?"'

다음 날, 나는 정말로 나와 잉그램 양의 초상화를 그렸다. 그 그림들을 마음에 반복적으로 각인시키며 감정을 굴복시켰다.

일주일이 흘렀다. 역시나 로체스터 씨에게서는 아무런 연락도 오지 않았다. 마음이 철렁 내려앉는 실망을 느꼈지만, 나는 다시 정신을 차리고 스스로 세운 원칙을 되새기며 흔들리는 마음을 다잡았다. 나 자신을 아끼고 온 마음과 영혼, 에너지를 소진시키는 사랑을 함부로 주지 마라. 심지어 그런 선물을 원하지도 않는 데다 가볍게 여기는 사람은 절대 안 된다. 로체스터 씨가 떠나고 2주쯤 지났을 때, 페어팩스 부인이 소식을 전했다.

"로체스터 씨께서 사흘 뒤에 돌아오신답니다. 리스 저택에서 사람들을 몇 분이나 데려오실지는 모르겠지만, 가장 좋은 방들로 준비하고 서재와 응접실도 깨끗이 정리해두라고 지시하셨어요."

그 뒤 사흘간은 모두 저택을 청소하느라 야단법석이었다. 드디어 토요일, 손필드 저택은 손님을 맞을 완벽한 준비가 됐다. 손님들로 들어찬 홀에서는 흥겹고 떠들썩한 소리가 들려왔다. 신사들의 중후한 목소리가 숙녀들의 낭랑한 목소리와 기분 좋게 어우러졌다. 이상하게도 그 사이에서 가장 잘 들리는 음성은 손님들을 맞는 저택 주인의 낮고 깊은 목소리였다.

이튿날 나는 로체스터 씨가 잉그램 양과 함께 나가는 모습을 보고 페어팩스 부인에게 조심스레 말을 꺼냈다.

“로체스터 씨는 결혼할 생각이 없는 것 같다고 하셨죠? 그렇지만 저기 함께 나가는 모습을 보세요. 로체스터 씨가 다른 누구보다 잉그램 양을 좋아하는 게 분명하잖아요? 얼마나 아름다운지 그녀 얼굴을 한번 보고 싶어요. 아직 제대로 못 봤거든요.”

“오늘 저녁에 보게 될 거예요. 로체스터 씨가 저녁 식사 뒤에 아델과 함께 응접실로 내려오라고 에어 양을 초대했거든요.”

페어팩스 부인의 말이 끝나기 무섭게 그 순간이 상상됐다. 그러자 눈앞이 캄캄해지며 알 수 없는 두려움이 덮쳤다. 하지만 로체스터 씨가 특별히 바라는 것이라는 말에 거절할 수가 없었다.

손님들이 저녁 식사를 하는 동안 나는 아델을 데리고 응접실 구석에 미리 자리를 잡았다. 이윽고 의자에서 몸을 일으키는 소리가 나직이 들려왔다. 한 무리의 귀부인들이 응접실로 들어섰고 커튼이 내려졌다.

그들 중 가장 돋보이는 사람은 단연 잉그램 부인과 그녀의 딸, 블랑슈 잉그램 양이었다. 잉그램 부인의 나이는 마흔에서 쉰 사이쯤으로 보였는데, 누가 봐도 미인이라 할 만했다. 하지만 그녀의 모습과 태도에는 견디기 힘든 오만함이 배어있었다. 잉그램 양의 모습은 내 그림과 완벽하게 일치했지만, 풍기는 분위기는 자신의 어머니를 빼닮은 듯했다. 아직 젊어서 피부가 매끈하다는 점을 빼면 어머니와 똑같은 이목구비에 똑같은 오만함이 붙어있었다.

로체스터 씨는 가장 마지막으로 들어왔다. 나도 모르게 눈이 그의 얼굴로 향했다. 나 자신도 내 시선을 통제할 수 없었다. 눈을 내리깔려고 해도 눈꺼풀이 저절로 위를 향하고 눈동자가 로체스터 씨를 향했다. 그냥 그렇게 바라보는 것만으로도 기뻤다. 칼날 같은 고통을 주는 순수한 황금 사과가 이런 것일까, 갈증에 타들어가던 사람이 겨우 도착한 샘물에 독이 있음을 알면서도 기꺼이 마시는 기분이 이런 것일까, 그 정도로 강렬하고 가슴 저미는 기쁨이었다. 내 마음속에 싹튼 사랑의 싹을 발견하고 뿌리 뽑으려 온 힘을 다했지만 로체스터 씨의 얼굴을 다시 본 순간, 그 새싹은 푸르고 힘차게 솟아버렸다.

'나는 우리 두 사람이 영원히 떨어질 운명임을 끊임없이 되새겨야 한다. 그러나 숨을 쉬고 생각을 하는 한, 그를 사랑하지 않을 수가 없다.'

모두가 잠든 한밤중, 잠에서 깼다. 창밖으로 은처럼 하얗고 수정처럼 맑은 달의 표면이 보였다. 아름다우면서도 장엄한 광경이었다. 나는 몸을 반쯤 일으킨 채 커튼을 내리기 위해 손을 뻗었다. 바로 그 순간, 아주 거칠고 날카로운 고함 소리가 들렸다. 그 찢어지는 듯한 비명은 손필드 저택을 관통해 밤이 주는 고요와 정적을 순식간에 산산조각 냈다. 커튼을 향해 뻗었던 나의 팔은 굳어버렸다. 곧이어 위층에서 몸싸움하는 소리가 들려왔다.

"사람 살려!"

"로체스터!"

공포로 온몸이 떨렸지만, 급한 대로 손에 잡히는 옷을 잠옷 위에 걸치고 방을 나섰다. 자고있던 사람들 모두가 깨어났다. 문이 차례로 열리며 얼굴들이 나타났고, 복도는 이내 시끌벅적해졌다. 그때 복도 제일 끝 방의 문이 열리며 로체스터 씨가 손에 촛불을 든 채 나왔다.

"하인 하나가 가위에 눌리는 잠버릇이 있소. 그뿐입니다. 쉽게 흥분하는 예민한 성격이라 꿈을 유령 같은 걸로 착각해 발작을 일으킨 거예요."

로체스터 씨는 모두를 안심시키고 침실로 돌려보냈다. 나도 방으로 돌아와 허리를 굽혀 구두를 막 벗으려던 참이었다.

조심스레 문을 두드리는 소리가 들렸다.

"일어나 있소?"

로체스터 씨의 목소리였다. 이 목소리가 들려올 것이라고 나는 예상하고 있었다. 그는 부탁할 것이 있다며 나를 어디론가 이끌었다. 복도를 지나고 층계를 오른 뒤 불길한 느낌이 드는 낮은 천장의 3층 복도에서 걸음을 멈췄다. 뒤따르던 나는 그의 곁에 섰다.

"피를 무서워하진 않겠지?"

"괜찮을 것 같습니다. 아직 피를 본 경험이 많지는 않지만요."

소름이 끼쳤지만 괜찮은 척 대답했다. 그는 열쇠를 돌리고 문을 열었다. 페어팩스 부인이 저택을 안내해줄 때 보았던 방이었다. 전에는 벽에 휘장이 걸려 있었지만, 오늘은 휘장이 고리에 묶여 벽이 훤히 보였다. 그러자 가려져 있던 문의 존재가 분명히 드러났다. 로체스터 씨는 잠깐 기다리라고 하며 홀로 문 안으로 들어갔다. 그러자 날카로운 웃음소리가 그를 맞이했다. 처음에는 시끄럽게 울려 퍼지다가 끝에 가서는 "하! 하!" 하는 불길한 소리로 변하는 그레이스 풀 특유의 웃음소리였다.

방 안쪽에 그녀가 있었다.

로체스터 씨가 방에서 나와 문을 닫았다. 방의 반대편에는 안락의자가 놓여있었고, 한 남자가 겉옷을 벗은 채 앉아있었다. 그 남자는 리처드 메이슨 씨였다. 그는 어제 저녁 무렵 손필드 저택에 도착했다. 로체스터 씨와는 오래전부터 가까운 사이인데, 긴 여행 중 갑작스레 방문했다고 했다. 그런데 지금 그의 셔츠 절반이 피로 물들어있었다.

"제인, 난 외과 의사를 데려오기 위해 한두 시간쯤 자리를 비워야 하오. 무슨 일이 있어도 저 남자에게 말을 걸지 마시오. 그리고 리처드, 만일 자네가 이 여인에게 말을 건다면 자네의 목숨은 장담할 수 없네."

나는 졸지에 3층의 작은 비밀 공간에 갇히게 됐다. 캄캄한 밤인 데다 내 눈과 손 바로 아래에는 창백한 피투성이 환자가 있었다. 죽음에 대한 두려움 때문인지, 다른 어떤 이유 때문인지, 그는 알 수 없는 공포로 질식한 듯 보였다. 그리고 남자를 이렇게 만든 사람과 내 사이를 가로막고 있는 것은 고작 얇은 나무 문 하나뿐이었다. 그것은 정말 무시무시한 일이었다. 그레이스 풀이 내게 달려드는 장면은 상상만으로도 몸서리가 쳐졌다.

이 외딴 저택에서 인간의 모습을 하고서는, 주인조차 마음대로 내쫓거나 통제할 수 없는 그레이스 풀의 존재는 대체 무엇이란 말인가. 그리고 내 앞의 이 평범하고 온순한 남자는 어쩌다 이런 공포스러운 상황에 엮이게 된 걸까? 그는 로체스터 씨가 강요한 침묵에 어째서 이렇게 순순히 복종하는 것일까? 로체스터 씨는 왜 그의 입을 막아야 했을까? 수많은 의문이 쌓여가는 동안 기나긴 밤이 지나고 있었다.

얼마나 시간이 흘렀을까. 마침내 로체스터 씨가 의사와 함께 돌아왔다. 의사는 피투성이 남자를 보고 놀라 달려갔다.

"이게 무슨 일입니까? 칼에 베였을 뿐 아니라 찢겨있기까지 하군요."

상처를 좀 더 자세히 들여다보던 의사는 놀라움의 목소리로 말했다.

"아니, 이건 칼이 아니라 이빨 자국인데요."

의사는 붕대를 감으며 생명에는 지장이 없을 것이라고 덧붙였다.

"그게 날 물었어."

메이슨 씨가 중얼거렸다.

"내가 말하지 않았던가. 그것 옆에 갈 때는 조심하라고. 차라리 내일까지 기다렸다가 나와 함께 갔으면 좋았을 것을. 오늘 밤에, 심지어 자네 혼자 만나러 간 건 정말 어리석은 짓이었네!"

치료를 마친 메이슨 씨는 잠시 안정을 취했다. 이른 새벽, 메이슨 씨의 몸에 약 기운이 돌자 로체스터 씨는 그를 마차에 태워 어디론가 보냈다. 그렇게 간밤의 소란은 잊혀져갔다.

예감이란 참 이상한 능력이다. 공감도 그렇고, 전조 또한 마찬가지다. 이 세 가지 능력이 합쳐지면 아직까지 인간의 지성으로 풀어내지 못한 신비가 펼쳐진다. 나는 살면서 한 번도 예감을 비웃은 적이 없다. 누군가 나를 만나러 왔다는 얘기를 들었을 때, 묘한 예감에 사로잡혔다. 아래층으로 내려가 보니 부잣집 하인처럼 보이는 사람이 나를 기다리고 있었다.

나는 그를 보고 놀랐다. 한눈에 누군지 알아볼 수 있었다. 내가 어린 시절을 보낸 게이츠헤드 저택의 마부 로버트였다. 그는 검은 상복을 입고 있었고, 손에 든 모자에는 검은 띠가 둘러있었다.

"로버트, 리드 가족은 모두 잘 지내시죠?"

"안타깝지만 좋은 소식을 전해드리지 못할 것 같습니다, 아가씨. 존 도련님이 돌아가셨습니다. 생전에도 아주 난폭하게 사시더니, 죽음도 비참했답니다. 사람들 말로는 자살이라고 하더군요. 마님은 쓰러지셔서 사흘 동안 한마디도 못하셨죠. 그러다가 마침내 입을 열고 하신 말씀이 아가씨를 모셔오라는 거였어요. '제인 에어를 데려와. 그 애한테 할 이야기가 있다'라고 하셨습니다."

5월 1일 오후, 나는 리드 가족이 사는 게이츠헤드 저택의 정문에 도착했다. 9년 전, 날이 채 밝지도 않아 흐리고 쌀쌀했던 아침에 나는 법으로부터 외면당하고 신에게마저 버림받은 심정으로 이곳을 떠나 길을 나섰다. 적의 지붕을 떠나 생전 들어보지도 못한 로우드 기숙 학교라는 싸늘한 안식처로 향했던 것이다. 바로 그날의 그 지붕이 다시 내 눈앞에 나타났다. 마음이 아려왔지만 원망의 불길은 이미 꺼진 지 오래였다. 절망과 분노를 끌어안은 채 이곳을 떠났지만, 이제는 오히려 연민의 마음을 품게 됐다. 나는 안내를 받아 리드 외숙모가 누워있는 침대로 다가갔다.

"저 얼굴, 저 눈, 저 이마, 너무 낯익어. 그래, 제인 에어! 너는 그 아이를 꼭 닮았구나!"

나는 부드러운 말투로 내가 바로 그 장본인, 제인 에어라고 말했다.

"나는 깊은 병에 걸렸어. 죽기 전에 마음이라도 좀 편해져야겠다. 나는 너에게 두 번의 죄를 지었다. 지금 와서는 모두 후회하고 있어. 하나는 너를 친자식처럼 돌보겠다고 한 남편과의 맹세를 어긴 일이고, 또 하나는…… 그건 사실 별일도 아니지만. 내 서랍장을 열어서 거기 있는 편지를 가져오너라."

3년 전에 도착한 짧은 편지였다. 거기에는 다음과 같은 내용이 적혀있었다.

'죄송한 부탁입니다만, 제 조카 제인 에어의 안부와 주소를 알려주시면 감사하겠습니다. 그 아이를 제가 있는 마데이라로 데려오려 합니다. 저는 운 좋게도 상당한 재산을 모았지만, 아직 미혼이고 자식도 없어서 제인을 양녀로 삼고 재산을 물려주려고 합니다. 마데이라에서, 존 에어 올림.'

“어째서 제게 이 사실을 알려주지 않으셨나요?”

“네가 끔찍하게 미웠기 때문이지. 네가 숙부의 양녀가 돼 안락하고 평온한 삶을 살게 되는 걸 견딜 수 없었어. 나는 ‘안타까운 소식을 전하게 돼 죄송하지만 제인 에어는 로우드 기숙 학교에서 발진 티푸스에 걸려 죽었다’고 답장했다. 이제는 네 마음대로 하려무나. 편지를 보내서 내가 한 말이 모두 거짓이라고 해도 좋다. 지금 당장이라도 내 거짓말을 폭로하렴.

아마도 넌 나를 괴롭히기 위해 세상에 태어난 모양이야. 네가 아니라면 저지를 엄두도 못 냈을 그런 행동들을 떠올리며, 내 인생의 마지막 시간조차 이렇게 고통받고 있으니 말이다.”

리드 외숙모의 말에 잠시 생각에 잠겼던 내가 입을 열었다.

“저를 사랑하시든 미워하시든 상관없으니 외숙모 편하신 대로 하세요. 전 외숙모를 완전히 용서했어요. 외숙모도 이제는 하나님의 용서를 받고 마음을 편히 가지시길 바랄 뿐이에요.”

리드 외숙모는 평생 동안 나를 미워했다. 그리고 죽어가는 순간까지도 나를 증오하고 있었다. 리드 외숙모는 그날 저녁 갑자기 병세가 악화돼 혼수상태에 빠졌고, 다시 눈을 뜨지 못했다.

5

사랑, 그리고 약속

"우리는 지금도 여전히 동등한 인간이고,
저는 이제 어디로든 갈 수 있어요."

나는 다시 손필드 저택으로 돌아갈 준비를 했다. 그사이 페어팩스 부인이 손님들은 모두 돌아갔고, 로체스터 씨는 3주 전에 런던으로 갔으며 2주 뒤에 돌아온다는 소식을 전해왔다. 부인은 주인이 새 마차를 사야겠다는 얘기를 했다며, 아마도 결혼 준비를 하려는 모양이라고 했다. 절망적인 소식이었다. 이제 나는 어디로 가야 하는지 하염없이 의문이 들었다.

그날은 밤새 잉그램 양이 나오는 꿈을 꿨다. 꿈속에서 그녀는 내가 들어오지 못하도록 손필드 저택의 정문을 걸어 잠갔다. 그녀 옆에서 로체스터 씨가 팔짱을 낀 채 냉정한 웃음을 머금고 나를 바라보고 있었다. 뒤숭숭한 꿈을 꿨음에도 손필드 저택이 가까워지자 내 기분은 들뜨기 시작했다. 너무 들뜬 나머지, 가던 길을 멈추고 이 기분이 무엇을 뜻하는지 스스로에게 물어보기까지 했다.

나는 이성을 동원해 자신을 타일렀다. 이 길 끝에 있는 것은 내 집도, 영원한 보금자리도 아니다. 내 도착을 손꼽아 기다리고 있는 사람이 있는 것도 아니다.

'그 사람은 너를 생각하지 않아. 너도 잘 알잖아.'

하지만 젊음의 고집만큼 질긴 것이 어디 있으랴. 경험 부족에 따른 미숙함만큼 맹목적인 것이 또 어디 있으랴. 내 젊음과 미숙함은 로체스터 씨가 나를 바라보든 말든 상관하지 않았다. 그저 그를 다시 볼 수 있는 것만으로도 행복하다고 우기며 이렇게 다그쳤다.

'서둘러! 어서 가란 말이야! 곁에 있을 수 있을 때 있어야지. 앞으로 짧으면 며칠, 길어도 몇 주밖에 안 남았잖아. 그 뒤에는 영영 이별하게 된단 말이야!'

손필드 저택이 더욱 가까워지고 있었다. 길가에 만발한 예쁜 꽃들은 안중에도 들어오지 않았다. 드디어 손필드 저택 근처의 돌계단이 보였다. 그리고 바로 그곳에 로체스터 씨가 앉아있었다.

"어이!"

나를 발견한 로체스터 씨가 외쳤다.

"돌아왔군! 어서 오시오. 한 달씩이나 나를 떠난 사이에 내 존재를 까맣게 잊어버린 모양이군."

나는 그를 다시 볼 수 있길 기대했고, 그를 보는 순간 기뻐할 내 마음을 잘 알고 있었다. 얼마 뒤면 로체스터 씨와 생판 남이 될 것이란 걸 알면서도 말이다. 애초에 그의 마음속에 나는 무의미한 존재라는 생각이 나를 괴롭혔지만, 로체스터 씨에겐 곁에 있는 이를 행복하게 해주는 힘이 있었다. 그래서 나처럼 갈 곳 잃은 새는 그가 뿌려주는 빵 부스러기를 쪼아 먹는 것만으로도 성대한 만찬을 대접받는 기분이었다.

나는 기쁜 마음과 다르게 입을 다문 채 로체스터 씨가 앉아있는 계단을 오르기 시작했다. 아무렇지 않은 척 그를 지나쳐 저택 안으로 들어갈 생각이었다. 그런데 그 순간, 나도 모르게 솟아난 충동이 발걸음을 사로잡았다. 알 수 없는 힘이 내 몸을 돌려세워 내 입을 열었다.

"제게 이런 친절을 베풀어주셔서 감사합니다, 로체스터 씨. 정확히 설명할 수는 없지만, 저는 당신이 계신 곳으로 돌아와서 기뻐요. 당신이 계신 곳이라면 어디든 그곳이 바로 제 집입니다. 오직 그곳만이 제 집이에요."

이튿날, 나는 아델을 재우고 산책을 하기 위해 정원으로 나갔다. 정원을 거닐고 있는데 저택의 창가에서 이제는 친숙해진 냄새가 희미하게 났다. 둘러보니 손바닥만큼 열린 서재의 창문을 통해 시가에서 피어오른 연기 냄새가 흘러나오고 있었다. 어쩌면 로체스터 씨가 나를 내려다보고 있을지도 모른다는 생각에 과수원 안으로 몸을 피했다.

저택의 담장 안에 이보다 아늑한 곳은 없었다. 과일나무와 꽃나무 사이를 걷던 내 발걸음이 한순간 멈췄다. 심장을 내려앉게 하는 그 희미한 냄새가 다시 한 번 느껴졌기 때문이다. 나는 그것이 로체스터 씨의 시가 냄새임을 알고 있었다. 사람의 움직임도, 어떠한 발소리도 들리지 않았으나 냄새는 점점 선명해졌다. 나는 담쟁이덩굴 뒤로 숨었다. 이곳에 가만히 있으면 그가 나를 보지 못하고 지나칠 것이라 생각했다.

그 순간, 커다란 나방 한 마리가 '위잉' 소리를 내며 내 곁을 스친 뒤 로체스터 씨가 서있는 풀밭으로 날아가 자리를 잡았다. 그는 마치 풀밭 위의 나방에 온 마음을 빼앗긴듯 허리를 굽혀 그것을 관찰했다. 나는 길게 뻗은 로체스터 씨의 그림자를 넘어 살며시 지나가려 했다. 그는 돌아보지도 않고 나직이 말했다.

"제인, 이리 와서 이 나방 좀 보시오."

나는 우물쭈물하며 그에게 다가갔고 우리는 천천히 걸음을 옮겼다.

"당신은 이 집에 상당한 애착을 느끼게 됐을 거요. 자연의 아름다움을 감상할 줄 아는 안목도 있고, 정도 많은 사람이니까. 저택 사람들과 헤어지게 된다면 섭섭하겠지?"

"그렇겠죠. 저는 떠나야 하나요?"

"제인, 안 됐지만 당신은 어쩔 수 없이 떠나야 하오."

로체스터 씨의 말에 충격을 받았지만 난 그 충격에 무릎 꿇지 않았다.

"결혼을 하시려는 거군요."

"맞소."

"저는 손필드 저택에 와서 당신을 만났어요. 그런데 이제 당신으로부터 영원히 떨어질 생각을 하니 두려움과 외로움이 몰려와 정신을 차릴 수가 없어요. 물론 저도 떠나야 한다는 것을 잘 알고 있어요. 언젠가 죽음을 맞아야 하는 것처럼, 필연적 운명이겠죠."

"그 운명이라는 건 대체 어디서 온 거요?"

그가 별안간 물었다.

"방금 로체스터 씨가 데려오셨잖아요."

"어떤 형태로?"

"잉그램 양이라는 형태로요. 고귀하고 아름다우신 당신의 신부 말이에요."

"신부라니, 무슨 말이오? 내게는 신부가 없소!"

결혼을 할 사람이 신부가 없다니, 도대체 무슨 말이란 말인가. 나는 차오르는 화를 느끼며 말했다.

“저처럼 가난하고 신분도 낮고 보잘것없으면 영혼도 감정도 없나요? 크게 잘못 생각하신 거예요. 저도 당신과 마찬가지로 영혼이 있고 감정도 있어요. 저는 지금 전통이나 관습, 부질없는 육신이 아니라 제 영혼으로 당신의 영혼에 호소하고 있는 거라고요. 우리의 영혼이 죽음을 거쳐 하나님 발밑에 서게 됐을 때처럼 동등한 자격으로 말이에요. 물론 우리는 지금도 여전히 동등한 인간이지만요. 전 제 진심을 모두 털어놨어요. 그러니 이제는 어디로든 갈 수 있어요. 전 독립적인 의지를 가진 자유로운 인간이니, 그 의지로 지금 당장 당신을 떠나겠어요.”

“그럼 당신의 의지가 운명도 결정하겠군. 잘 들으시오, 제인. 나는 당신에게 내 손과 마음, 그리고 전 재산의 일부를 주겠소.”

“그런 장난은 전혀 재밌지 않아요.”

“당신이 이곳을 떠나야 한다는 것이야말로 농담이었소. 좀 진정하시오. 당신은 지금 너무 흥분한 상태요. 나도 조금 침착해져야겠소. 제인, 나는 지금 당신을 내 아내로 부르고 있소. 내가 결혼하고 싶은 여성은 오직 당신뿐이오”

“하지만 우리 사이에는 당신의 신부 잉그램 양이 있는 걸요.”

로체스터 씨가 나를 끌어당기며 말했다.

"내 신부는 지금 내 눈앞에 있는 사람뿐이오. 나와 동등한 사람, 나와 꼭 닮은 사람 말이오. 제인, 나와 결혼해주겠소? 당신을, 알 수 없는 당신을, 이 세상의 존재가 아닌 것 같은 당신을 마치 내 몸처럼 사랑하오. 당신에게 나를 남편으로 받아들여달라고 간청하는 것이오."

"제게요?"

나는 나도 모르게 큰 소리로 되물었다. 그의 진지한 태도와 사탕발림이라곤 없는 무뚝뚝한 말투에서 강한 진심이 느껴졌다. 그의 얼굴은 흥분으로 상기돼있었다. 표정은 풍부했고, 눈동자에서는 알 수 없는 광채가 뿜어져 나왔다.

"제인, 어서 내 청혼을 받아주시오."

"진심이세요? 저를 진심으로 사랑하세요? 정말 제가 당신의 아내가 되길 원하시는 거예요? 그렇다면 저는 당신과 결혼하겠어요."

이별이라는 지옥에서 벗어나 로체스터 씨의 곁에서 결혼이라는 천국의 부름을 받은 나는 오직 넘쳐흐르는 희열만을 느꼈다.

그는 몇 번이고 물었다.

"행복하오, 제인?"

그러면 나는 몇 번이고 대답했다.

"네, 행복해요."

6

결혼식에서 생긴 일

"결혼에 대한 기대를 품고 희망에 차있던
어제의 제인은 어디로 갔을까?"

어느덧 청혼을 받은 지 한 달이 지났고 나는 그동안 꿈같은 시간을 보냈다. 거울 속에 비친 얼굴에는 전에 볼 수 없었던 희망의 빛이 가득했다. 표정에는 생기가 돌고 두 눈은 마치 기쁨의 샘을 바라보는 것 같았다. 한낮의 꿈같은, 동화 속에서나 볼 법한 행운이 나에게 찾아왔다. 결혼식은 고작 며칠밖에 남아있지 않았다. 모든 준비는 끝났고, 이제는 미룰 수도 없다.

그런데 어젯밤, 도저히 머리로는 이해할 수 없는 일이 일어났다. 나 외에는 아무도 모르는 일이었고, 목격한 사람도 없었다. 로체스터 씨도 근처 농장에 볼일이 있어 외출하는 바람에 집에 없었다. 나는 종일 불안하고 무거운 마음으로 그가 돌아오기를 기다렸다. 어서 이 마음의 짐과 해결되지 않는 의문을 벗어버리고 싶었다.

로체스터 씨는 늦은 밤이 돼서야 지독한 비바람을 뚫고 돌아왔다. 반가운 마음으로 내게 달려와 인사를 하던 그는 나의 좋지 않은 안색과 불안한 몸짓을 알아채고는 무슨 일인지 물었다.

나는 그의 앞에 앉아 얘기를 시작했다.

“어젯밤 잠에서 잠시 깼는데, 눈부신 빛이 보였어요. 저는 날이 밝았구나, 하고 생각했죠. 하지만 그건 제 착각이었어요. 제가 본 빛은 촛불이었어요. 화장대 위에 촛대가 놓여있고, 웨딩드레스와 베일을 넣어둔 옷장 문이 열려있더군요. 그리고 옷자락이 바스락거리는 소리가 들렸어요. 그 순간, 옷장 쪽에서 사람 형체가 나타나 촛불을 높이 치켜들고는 옷걸이에 걸린 옷을 찬찬히 살펴보는 거예요.

저는 너무 놀라 침대에서 몸을 일으켰어요. 곧이어 공포가 밀려와 온 혈관 속의 피가 얼어붙더군요. 그 사람은 지금껏 손필드 저택의 담장 안에서 한 번도 본 적 없는 사람이었어요. 그 무시무시한 형체는 촛불을 내려놓고 베일을 자신의 머리에 썼다가 잠시 뒤, 베일을 벗어서 두 갈래로 찢고 마룻바닥에 내던져 발로 짓밟았어요.

그러고는 촛불을 집어 들고 문가로 다가가는 듯싶더니, 갑자기 제 침대 곁에서 걸음을 멈추더군요. 그런 채로 저를 죽일 듯한 눈빛으로 노려봤어요. 저는 그 무서운 표정이 제 얼굴 위에서 이글이글 타오르는 것을 느끼고 곧바로 의식을 잃고 말았죠. 자, 이제 그 사람이 누구이며 어떤 존재인지 말씀해주세요."

"당신 방에 어떤 침입자가 들어왔던 건 분명하지만, 그건 그레이스 풀이 틀림없소. 잠결에 다른 사람으로 착각을 한 것이오. 당신은 내가 왜 그런 여자를 이 저택에 두는지 의아할 거요. 결혼하고 딱 일 년만 지나면 모든 것을 얘기해주리다. 아직은 때가 아니오."

시간은 빠르게 흘러 결혼식 당일이 됐다. 긴 드레스 자락을 늘어뜨리고 베일을 쓴 거울 속 내 모습이 평소와 너무 달라 마치 다른 사람처럼 낯설게 느껴졌다.

우리는 작고 조용한 교회로 들어갔고 곧 예식이 시작됐다.

"신랑과 신부에게 명하겠소. 두 사람 중 누구라도 합법적으로 결합할 수 없는 장애가 있다면 결코 숨기지 말고, 지금 이 자리에서 두려운 심판의 날에 응답하듯이 가슴속 비밀을 고백하시오."

일반적인 결혼식 풍습대로, 목사는 이 대목에서 말을 끊었다. 그다음에 이어지는 잠깐의 침묵이 누군가의 대답에 의해 깨진 적이 있을까? 아마 그런 일은 없었을 것이다.

하지만 그런 일이 일어났다. 멀지 않은 곳에서 아주 분명한 목소리로.

"이 결혼식은 진행할 수 없습니다. 합법적으로 결합할 수 없는 장애가 있거든요. 로체스터 씨는 이미 결혼한 생태로, 엄연히 살아있는 아내가 있고 지금도 손필드 저택에서 살고 있습니다. 지난 4월에도 제가 그 집에서 직접 만났습니다. 전 그녀의 친오빠입니다."

그 사람의 말이 끝나자 그 어떤 충격에도 떨린 적 없던 내 신경이 덜덜 떨려왔다. 지금껏 어떤 냉기와 불꽃에도 초연하던 내 피가 생전 경험한 적 없는 격렬한 감정으로 들끓었다. 로체스터 씨는 깊은 생각에 잠겼다. 10분 정도 생각을 정리하더니, 이윽고 결심한 듯 마침내 사람들 앞에서 입을 열었다.

"그의 말은 사실이오. 나는 이미 결혼했고, 나와 결혼했던 여자는 지금도 살아있소. 이름은 버사 메이슨이고, 지금 이 자리에서 창백한 얼굴로 손발을 덜덜 떨면서 남자다운 척 허세를 부리는 이 용감한 사내의 누이동생이오.

하지만 버사 메이슨은 미친 여자요. 삼대에 걸쳐 백치와 정신병자가 나온 집안의 혈통을 물려받았지. 그 가문이 집안의 비밀에 대해 작정하고 날 속였기 때문에, 나는 결혼을 하고서야 그 사실을 알게 됐소. 그사이 온갖 재미있는 꼴을 당해야 했지.

더 이상 말로 설명하지 않겠소. 여러분을 우리 집으로 초대할 테니, 부디 오셔서 그레이스 풀 부인의 환자인 내 아내를 만나주시오. 내가 속아서 어떤 인간과 결혼했는지 두 눈으로 직접 보고, 과연 내게 혼인이란 맹세를 어기고 최소한의 인간다운 연민을 갈구할 권리가 있는지 없는지 판단해주시오."

말을 마친 그는 나를 꼭 끌어안은 채 교회를 나섰다.

우리는 저택의 3층으로 올라갔다. 로체스터 씨는 벽에 휘장이 걸려있는 방으로 나를 안내했다. 휘장을 들추자 또 다른 문이 드러났고 그는 그 문을 열었다. 그 순간, 방 안 깜깜한 구석에서 뭔가가 튀어나왔다 들어가길 반복했다. 사람인지 짐승인지도 구별되지 않았다.

"풀 부인, 안녕하시오. 오늘은 환자 상태가 좀 어떻소?"

"조금 화가 나있긴 하지만 난폭한 정도는 아니에요."

정체를 알 수 없는 그녀는 계속해서 으르렁거렸다. 그녀는 흐트러진 머리칼을 젖히며 사나운 눈빛으로 불청객들을 노려봤다. 나는 자줏빛으로 부어오른 그 얼굴을 또렷이 기억하고 있었다.

"조심해요!"

그레이스 풀이 소리치는 동시에 로체스터 씨가 나를 잡아 자기 등 뒤로 보냈다. 그녀는 로체스터 씨에게 뛰어들어 목을 움켜쥐더니 얼굴을 물어뜯으려 했다. 그녀는 듣기만 해도 무서운 고함을 지르며 발작적으로 난동을 피웠다.

"방금 본 것이 부부 사이의 유일한 포옹이고, 내 외로움을 달래주는 유일한 사랑의 행위라오."

나는 처참한 심정을 안고 방으로 돌아왔다. 어제의 제인은 어디로 갔을까? 결혼에 대한 기대를 한껏 품고 희망에 차있던 여인, 한 남자의 신부가 될 뻔했던 행복한 제인은 다시 춥고 외로운 여인으로 돌아와버렸다. 신뢰가 깨지자 우리 사이의 믿음이 시들었다. 내 사랑은 더 이상 다시 그를 향할 수 없었다. 이제 내게 로체스터 씨는 함께 아름다운 미래를 꿈꾸던 어제의 그 약혼자가 아니었다.

어둠이 내 주위를 휘몰아치고, 깜깜하고 혼란스러운 후회의 물결이 파도처럼 밀려왔다. 긴장이 풀린 채 무기력과 자포자기에 빠진 나는 거대한 강의 말라붙은 바닥에 몸을 던져버린 기분이었다. 차라리 죽어버리길 바라며 의식을 놓은 채 누워있었다. 의지할 곳 없는 내 인생, 잃어버린 사랑, 꺼져버린 희망, 무너진 신뢰, 이 모든 것이 하나의 거대한 물살로 합쳐져 내 위에서 불길하게 넘실대고 있었다. 나는 소리 없이 성경 구절을 읊었다.

"저를 멀리 하지 마옵소서. 고난이 가깝고 도와줄 이 없나이다. 주님, 물이 내 영혼까지 들어왔나이다. 설 곳 없는 깊은 수렁에 빠졌나이다. 깊은 물에 들어가니 큰물이 내 위로 넘치나이다."

나는 내가 이렇게 오랫동안 방 안에 틀어박혀 있는데도 안부를 묻거나 아래층으로 내려오라고 권하는 이가 단 한 명도 없다는 사실을 문득 깨달았다. 심지어 어린 아델조차 내 방문을 두드리지 않았고 페어팩스 부인도 소식이 없었다.

"운명의 버림을 받으니 친구들에게조차 잊히는구나."

나는 잠긴 문을 열고 밖으로 나가며 중얼거렸다. 그 순간, 나는 무언가에 걸려 넘어졌다. 그런데 내가 쓰러진 곳은 바닥 위가 아닌 로체스터 씨의 품 안이 아니던가. 그가 방문 앞에 앉아 내가 나올 때까지 기다리고 있었던 것이다.

"드디어 나왔군. 당신은 나를 피할 셈이오? 나는 뜨거운 눈물의 비를 예상하고 있었소. 다만 그 비를 내 가슴에 내려주길 바랐지. 제인, 부디 내 지난 이야기를 들어주오. 나의 아버지는 매우 탐욕스러운 사람이었소. 돈이 많은 신부를 물색하다가 메이슨 가문을 알게 됐고 내 등을 떠밀었소. 당시 경쟁자들은 나를 자극하고 친척들은 나를 부추겼소. 여인은 나를 유혹했지. 그렇게 난 영문도 모른 채 사랑도 존경도 없는 결혼을 하게 된 것이오. 결혼을 한 뒤 그녀의 정신병은 빠른 속도로 진행됐고, 나를 잔인하게 괴롭혔소."

나는 흐르는 눈물을 훔치며 로체스터 씨의 말을 막았다. 그의 말은 내게 고통일 뿐이었다. 나는 내가 지금 해야 할 일을 잘 알았고, 이러한 회상이나 감정의 고백은 내가 할 일을 어렵게 만들 뿐이었다. 이제는 이 슬픔에서 도망쳐야 했다. 나는 그를 방으로 돌려보내고 짐을 꾸렸다. 전 재산인 현금 20실링이 담긴 지갑은 주머니에 넣었다. 어깨에 숄을 두르고, 짐을 챙겨 들고, 신발은 신지 않은 채 손에 들었다. 그리고 방을 살그머니 빠져나왔다.

"안녕히 계세요, 친절한 페어팩스 부인!"

나는 그녀의 방을 지나며 작게 인사했다.

"잘 있으렴, 귀여운 아델!"

그리고 마침내 로체스터 씨의 방을 지날 때 내 심장은 움직임을 멈췄다. 그냥 지나치려 했지만 발이 저절로 굳었다. 방의 주인은 계속 서성이며 한숨을 쉬고 있었다. 잠들지 못한 저 다정한 사람은 초조하게 날이 새기를 기다리고 있을 것이다. 아침이 되면 곧바로 나를 부르러 사람을 보내겠지. 하지만 나는 이미 떠나고 없을 것이다.

당시에 내가 겪었던 감정을 그 누구도 겪지 않길 기도한다. 내 눈에서 쏟아졌던 뜨겁고 격렬하며 가슴을 쥐어짜는 것 같았던 눈물을 그 누구도 부디 흘리지 않길 바란다. 그때 내 입에서 터져 나온 것과 같이 절망적이고 고통에 찬 기도를 올리는 일이 없길, 진심으로 사랑한 사람에게 내 존재가 재앙의 씨앗이 될까 봐 두려움에 떠는 일이 없길 진심으로 기원한다.

7

자립과 선택

"제 주인은
오직 저 자신뿐이에요."

그로부터 이틀이 지났다. 마부는 나를 위트크로스라는 지역에 내려줬다. 음침한 황야가 이어지고 깊은 산맥으로 둘러싸인 마을이었다. 사방으로 드넓은 황야가 펼쳐져있고, 발아래 깊은 계곡 건너에는 끝없이 이어진 산들로 산등성이가 물결치고 있었다. 길에는 사람은커녕 개미 한 마리도 눈에 띄지 않았다. 혈육이라곤 없는 내게 이제 가족은 만물의 어머니인 대자연밖에 없었다. 나는 그녀의 품에서 안식을 구하기로 마음먹었다. 최소한 오늘 밤은 자연의 손님이 되리라. 어머니는 돈을 받지 않아도 딸인 나를 재워줄 것이다. 나는 언덕의 품에 누웠다. 그리고 잠을 청하며 모든 슬픔을 잊으려 했다.

이른 아침의 긴 그림자가 짧아지고 태양빛이 대지와 하늘을 가득 채울 무렵, 나는 눈을 뜨고 주위를 돌아봤다. 방금 전까지 몸을 누였던 잠자리도 돌아봤다. 미래에 대한 희망이라곤 없는 내가 바랄 것은 이것뿐이었다. 자는 동안 하나님이 내 영혼을 불러가셨다면 좋았을 텐데. 그랬다면 이 피로한 육신은 더 이상 운명과 싸울 필요 없이 조용히 숨을 거두고 썩어서 이 황야의 흙에 편안히 묻혔을 텐데.

그때, 어디선가 종소리가 들려왔다. 교회의 종소리였다. 나는 소리가 나는 방향으로 향했다. 피로함과 굶주림 때문에 극도로 약해져 고통스러웠던 나는 본능적으로 음식이 있을 만한 민가 주변을 돌아다녔다. 이렇게 굶주리고 길 잃은 개처럼 배회하는 동안 저녁나절이 됐다. 나는 다시 언덕을 향해 돌아섰다. 이제 남은 일은 썩 안전하지는 못하더라도 남의 눈에 띄지 않고 누워서 잠을 청할 만한 구덩이를 찾는 것뿐이었다. 내 시선은 여전히 황량한 풍경 속으로 사라진 음침한 둔덕과 황야의 능선을 더듬고 있었다.

그 순간, 저 멀리 늪과 산등성이 사이에서 작은 불빛이 반짝거리기 시작했다. 나는 무거운 발걸음을 힘겹게 옮기며 빛을 향해 천천히 다가갔다. 그 불빛은 내게 마지막으로 남은 실낱같은 희망처럼 보였다. 나는 어떻게 해서든 그 빛이 있는 곳으로 가야만 했다.

빛이 새어나오는 창문 너머에는 장밋빛 평화와 온기에 감싸인 채 난롯가에 조용히 모여 앉은 사람들이 있었다. 방 안은 신기하리만치 고요했다.

손을 더듬어 문을 찾아 조심스럽게 노크를 했다. 우직하고 고집 세 보이는 하녀가 나와서 내 몰골을 보더니 매몰차게 문을 닫고 빗장을 걸었다. 이젠 다 끝났다. 내 마음은 최후의 절망에 따른 격렬한 고통에 찢어질 것 같았고, 가슴이 답답해서 숨 쉬기조차 힘들었다. 나는 비에 젖은 문간에 그대로 쓰러졌다. 그리고 두 손을 비틀며 신음했다. 극도의 괴로움이 북받쳐 눈물이 터져 나왔다.

"이젠 죽음뿐이야. 하나님을 믿고 조용히 그분의 뜻을 기다리자."

그때, 어떤 목소리가 곁에서 들려왔다.

"인간은 누구나 죽음을 향해 가고 있어요."

그러고는 나를 부축해 집 안으로 데리고 들어갔다. 드디어 밝고 따뜻한 집 안으로 들어가게 된 것이다. 머리가 핑 돌아 주저앉은 내 몸을 누군가 받쳐줬다. 아직 의식을 잃지 않았지만, 말은 할 수 없는 상태였다. 따뜻한 난로 앞에서 일종의 기분 좋은 마비 상태가 돼 생각조차 제대로 할 수 없었다. 나는 물이 뚝뚝 떨어지는 옷을 벗고 따뜻하고 보송한 침대에 몸을 누였다. 이루 말할 수 없는 탈진 상태에서도 기쁨의 환희를 느꼈고, 이내 잠에 빠져들었다.

나를 받아준 사람들은 세인트 존, 다이애나와 메리 남매였다. 자매는 내가 기력을 되찾고 거처를 옮길 때까지 잘 보살펴주며 그곳에서 지내게 해줬다. 나는 점점 다이애나와 메리가 좋아졌다. 작지만 고풍스러운 회색 집에서 그들이 읽는 책을 따라 읽고, 취미도 함께 즐겼다. 우리는 성격이 잘 맞았고, 서로를 향한 끈끈한 애정이 생겼다.

두 자매와는 친밀함이 매우 빠르고 자연스럽게 솟아났지만, 세인트 존에게까지는 미치지 못했다. 그는 내성적인 사람이었다. 늘 깊은 생각에 잠겨있었고, 때로는 무언가에 마음을 뺏긴 사람처럼 보였다. 분명 목사라는 직업에 최선을 다하고 일상생활 속에서도 결점이 없는 사람이었다. 하지만 그는 신실한 기독교인에게 자연스레 찾아오는 정신적 평안과 영혼의 만족을 조금도 누리지 않는 것 같았다.

그들의 집에 머무는 동안 한 달이라는 시간이 지나고 나는 서둘러 직업을 찾고 싶었다. 세인트 존은 내게 한 시골 여학교의 선생님이 돼주기를 청했다. 누가 봐도 보잘것없는 시골 학교였지만, 최소한 남들 눈에는 띄지 않고 일할 수 있을 것이다. 나는 피난처를 원했다. 고생스럽긴 해도 부잣집 가정 교사보다는 독립적으로 일하는 것이 마음은 더 편했다. 내 가슴 깊은 곳에는 낯선 사람들과 함께 지내며 남들 밑에서 노예처럼 일해야 한다는 것에 대한 두려움이 박혀있었다. 그런 면에서 그가 제안한 자리는 내게 무의미하지도, 천박하지도 않으며 정신적 품위를 손상시키는 일도 아니었다. 나는 그의 청대로 시골 학교의 선생님이 되기로 결심했다.

이튿날 학생들을 가르칠 학교를 향해 출발했다. 마침내 찾아낸 나의 집은 황량하고 초라한 교실 곁에 있는 볼품없는 한 채의 오두막이었다. 나는 매우 쓸쓸한 기분을 느꼈다. 이런 생각이 옳지 못하다는 걸 알면서도, 나는 품위 없는 자리로 전락한 기분을 느꼈다.

그래서 나는 나 자신에게 질문을 했다. 로체스터 씨의 정부로 쾌락의 비단길을 즐기는 삶, 그 허망한 행복의 노예가 됐다가 그녀의 아내를 떠올리며 치욕의 눈물을 흘릴 것인가, 아니면 건강한 바람이 불어오는 산 중턱에서 성실하고 자유로운 여교사가 될 것인가. 나는 후자를 선택했다. 치열한 갈등이 있었지만 결국 나는 옳은 선택을 한 것이다.

하늘에서 눈송이가 떨어지기 시작했다. 눈송이는 이내 거센 눈발이 되더니 밤이 새도록 휘몰아쳤고 다음 날에는 온 마을이 눈에 묻혀버렸다. 나는 촛불을 켜고 그림 그릴 준비를 하고 있었다. 그때 문 밖에서 어떤 소리가 났다.

문을 열자 얼어붙은 눈보라와 울부짖는 암흑 속에서 누군가 모습을 드러냈다. 그는 바로 세인트 존이었다. 나는 눈으로 뒤덮인 늦은 밤에 손님을 맞을 것이라고는 생각지도 못했기 때문에 무척 놀랐다. 그는 들려주고 싶은 이야기가 있어서 왔다고 했다.

"당신 입장에서는 식상한 이야기일지도 모르겠습니다. 하지만 이미 알고 있는 지루한 내용이라도 새로운 사람의 입을 통해서 다시 들으면 이전과 또 다른 재미가 느껴지기도 하죠. 들어보시겠습니까? 20여 년 전, 어느 가난한 목사가 부잣집 딸을 사랑했습니다. 두 사람은 주위의 반대를 무릅쓰고 결혼했어요. 그러나 부부의 행복은 2년을 채 못 채웠죠. 그들은 차례로 세상을 떠났고, 그들이 남긴 외동딸의 운명은 주위 사람들의 자비에 맡겨졌답니다. 오늘 밤 내가 거의 갇혀버릴 뻔했던 그 눈더미처럼 차디 찬 자비에 말입니다. 사람들은 의지할 곳 하나 없는 이 아기를 부유한 외가에 보냈고, 아이는 외숙모의 손에 키워졌습니다. 그 외숙모의 이름을 알려드릴까요?

바로 게이츠헤드의 리드 부인입니다. 그 부인은 목사 부부의 아이를 10년 동안 키웠어요. 그 뒤에는 조카를 당신도 잘 아는 곳으로 보내버렸죠. 당신이 오랫동안 머물렀던 로우드 기숙 학교 말입니다. 그 고아 조카와 당신의 인생 여정이 너무나 비슷해서 놀라울 지경입니다. 학교를 그만둔 뒤, 그녀는 가정 교사가 됐다고 하더군요.

역시 당신의 운명과 똑같죠? 그 뒤에는 로체스터 씨라는 분이 돌보고 있는 아이의 교육을 맡았어요. 로체스터 씨의 성품에 대해서는 아는 바가 없습니다. 다만 한 가지, 그 분이 젊은 여성에게 정식으로 청혼했으나 결혼식 당일 교회 제단 앞에서 미치기는 했어도 멀쩡히 살아있는 부인의 존재가 밝혀졌다는 얘기는 들었습니다.

이상하게도 모든 신문에 그 젊은 여성을 찾는다는 광고가 실렸죠. 저 또한 브리그스라는 변호사에게서 이 모든 이야기를 들었고요."

"로체스터 씨는 어떻게 됐나요? 어디서 뭘 하고 지내시나요? 혹시 병이라도 나진 않으셨겠죠?"

"당신은 사소한 일에 마음을 빼앗겨 아주 중요한 문제를 놓치고 있어요. 브리그스 변호사가 왜 당신을 찾는지, 당신에게 어떤 중요한 볼일이 있는지 궁금하지 않으신가요? 마데이라에 살던 당신의 친삼촌, 에어 씨가 세상을 떠나셨습니다. 그분은 유언을 통해 당신에게 전 재산을 상속하셨죠. 당신은 이제 부자가 됐다는 말입니다."

상속, 그것은 굉장한 은혜였다. 세상에 홀로 남겨진 외톨이였던 내게는 말로 표현할 수 없이 큰 기쁨이었다. 경제적으로 자립할 수 있다는 생각에 가슴이 벅차올랐다.

"상속된 재산은 2만 파운드 정도라고 합니다."

세인트 존이 말했다. 많아야 4~5천 파운드일 것이라 예상했던 나는 숨이 턱 막혔다. 마치 수많은 사람을 위해 차린 잔칫상 앞에 홀로 앉아있는 기분이었다. 세인트 존은 자신의 임무를 다했다는 듯이 자리에서 일어나 외투를 걸치고 문고리를 잡았다.

"그런데 이해할 수 없군요. 어째서 변호사가 목사님께 제 사연을 전한 건가요?"

세인트 존은 여전히 문고리를 잡은 채로 다음 기회에 얘기하자고 했다. 하지만 나는 그의 앞을 막아섰다. 모든 이야기를 지금 당장 해달라고 했다. 그는 난처한 표정을 지어보이더니 어쩔 수 없다는 표정으로 입을 열었다.

"어차피 언젠가는 알게 될 테니…… 사실 내 정식 이름은 세인트 존 에어 리버스입니다. 에어는 어머니의 성이지요. 어머니에게는 형제가 둘 있었는데, 한 명은 목사가 돼 게이츠헤드의 제인 리드 양과 결혼했고, 나머지 한 명은 마데이라에서 무역상이 됐죠. 그가 바로 존 에어 삼촌입니다"

"그러니까, 당신 어머님과 제 아버지가 남매라는 거잖아요. 그럼 당신과 여동생들은 제 사촌이군요. 우리 몸에 흐르는 피의 절반은 같은 뿌리에서 나온 거였어요."

나는 오빠를 찾아낸 것이다. 그것도 내가 진심으로 좋아하고 자랑스러워할 수 있는 오빠를! 게다가 언니도 두 명이나 생겼다. 외롭게 자란 고아에게 그것이 얼마나 큰 선물인지 아마 상상할 수도 없을 것이다. 이 소식이야말로 무엇과도 비교할 수 없는 재산이었다. 그것은 진정한 마음의 보물이요, 순수한 애정이 샘솟는 광맥이었다.

누군가는 내가 이런 운명과 위치의 변화에 휩쓸려 로체스터 씨를 잊어버렸다고 생각했을지도 모르겠다. 하지만 나는 단 한 순간도 그를 잊지 않았다. 그를 향한 마음은 여전히 내 가슴속에 살아 숨 쉬고 있다. 그것은 햇빛을 받으면 증발하는 수증기도 아니고, 폭풍이 불면 날아가는 모래성도 아니다. 로체스터 씨의 이름은 내 안의 단단한 대리석 바위에 새겨져 있으며, 그 바위가 사라지지 않는 한 영원히 지워지지 않을 운명이었다.

브리그스 변호사와 유언장 집행에 필요한 내용을 서신으로 주고받는 동안, 나는 그에게 로체스터 씨의 안부와 현재 지내는 곳에 대해 알려달라고 부탁했다. 하지만 세인트 존의 추측대로, 그는 로체스터 씨의 근황을 전혀 몰랐다. 나는 페어팩스 부인에게 편지를 보냈고, 그녀의 답장을 받으면 원하던 소식을 전부 알게 되리라 믿었다. 하지만 2주가 지나도록 그 어떤 소식도 들려오지 않았다. 나는 당황했다. 매일 확인하는 우편물 속 어디에도 페어팩스 부인의 이름은 발견할 수 없었다.

두 달이 지나자, 나는 극심한 불안에 사로잡혔다.

어느 날, 평소보다 더 우울한 기분으로 책을 읽고 있는데 세인트 존이 다가와 산책을 청했다. 우리는 얼마간 걷다가 자리를 잡고 앉았다. 그도 입을 열지 않고, 나 또한 침묵을 깨지 않았다. 긴 순간이 지나고 마침내 그가 입을 열었다.

"제인, 나는 6주 뒤에 동인도로 떠나는 배를 예약했어."

갑자기 어떤 무서운 예감이 온몸을 감쌌다. 그의 입에서 나올 다음 말을 듣는 순간, 빠져나올 수 없는 치명적인 저주에 걸릴 것 같았다.

"제인, 하나님은 네게 선교사의 아내라는 운명을 정해주셨어. 너는 사랑이 아니라 봉사를 위해 태어난 사람이야. 너는 선교사와 결혼해야만 해. 나와 함께 인도로 가자."

몸이 덜덜 떨렸다. 그는 나를 사랑하지 않고 앞으로도 그럴 것이다. 남편으로서의 애정은 한 톨도 없이 단지 군인이 무기를 아끼듯 나를 존중할 것이다. 그가 보이는 모든 애정 표현이 도덕적 희생 정신에 뿌리를 둔 의무라는 것을 알고도 내가 견딜 수 있을까? 결코 아니다.

"동료 선교사로서라면 기쁜 마음으로 따라갈게. 하지만 오빠의 아내가 될 순 없어."

그는 내 말에 불쾌한 기색을 보였고, 그 뒤 나를 차갑게 대했다. 그것은 일종의 압박이 돼 내 마음을 괴롭혔다.

그가 떠나기 전날, 우리는 작별 인사를 했다.

"하나님께서 그대에게 좋은 길을 선택할 지혜를 내려주시길!"

그는 조용하면서도 열띤 목소리로 기도하며 내 머리에 손을 얹었다. 그의 얼굴은 연인을 바라보는 남자의 표정이 아니었다. 그것은 방황하는 어린양을 이끄는 목사님의 표정이었다. 나는 그에게 경외를 느꼈다. 그 경외심이 너무도 강렬해서, 내가 그토록 피하고 있던 길에 나도 모르게 끌려갈 정도였다. 나는 저항을 그만두고 그의 의지에 뛰어들고 싶은 충동을 느꼈다. 나 자신을 버리고 그의 존재 깊은 곳으로 흘러들고자 하는 유혹이 밀려왔다.

나는 성직자의 손바닥 아래서 꼼짝도 못한 채 굳어버렸다. 거절도, 두려움도, 맞서 싸울 힘도 마비돼 사라졌다. 불가능이라고 믿었던 그와의 결혼이 가능한 일처럼 느껴지기 시작했다. 순식간에 모든 것이 변화했다. 내 앞에 천사의 손짓과 하나님의 명령이 펼쳐졌다. 생명은 두루마리처럼 말려 들어가고 죽음의 문이 열리면서 그 너머에 있는 영원의 세계가 보였다. 천국에서 누릴 평안과 행복을 위해서라면 지상에서의 모든 것을 희생해도 좋겠다는 생각이 들었다. 내 심장은 빠르고 격렬하게 뛰기 시작했다.

"제인! 제인!"

그때, 어떤 소리가 들려왔다. 터질 듯 뛰던 심장 박동이 잦아들기 시작했다. 강렬한 감정이 심장을 꿰뚫고는 손끝과 발끝으로 퍼져나갔다. 전기가 흐르는 듯 기묘하고 찌릿찌릿한 느낌이었다. 그 소리는 내 이름을 부르고 있었다.

"이게 무슨 일이죠?"

나는 숨을 헐떡이며 문가로 달려가 복도를 살펴보았지만 아무도 없었다. 정원으로 달려 나갔지만, 그곳 역시 텅 비어있었다. 그 소리가 어디서 들려온 것인지 끝내 알 수 없었다. 하지만 그것은 분명 사람의 목소리였다. 내 귀에 익숙한, 절대 잊을 수 없는 목소리, 에드워드 로체스터 씨의 목소리였다.

나는 뒤쫓아와 붙잡는 세인트 존의 손을 뿌리쳤다. 더 이상 내 일에 참견하지 말라고 못을 박고 방으로 올라가 문을 걸어 잠갔다. 그러고는 무릎을 꿇고 나만의 방식으로 기도를 했다. 성령의 바로 앞까지 다가간 느낌이었다. 내 영혼은 넘치는 감사로 그 존재의 발밑에 엎드렸다. 오랜 기도를 마친 나는 어떤 결심과 함께 일어났다. 이제 더 이상 두려움과 방황은 없었다. 가벼운 마음으로 오직 밝은 아침만을 기대하며 잠자리에 들었다.

날이 밝았다. 나는 어제 들은 목소리를 떠올려봤다. 소리가 어디서 들려온 것인지 다시 한 번 생각해봤으나, 여전히 짐작할 수 없었다. 그것은 마치 외부의 어떤 장소가 아니라 나의 내면에서 들려온 것 같았다. 그 소리는 일종의 영감에 가까웠다.

'편지만 기다리는 건 소용이 없어. 편지 따위는 집어치우고 직접 나서서 알아봐야겠어.'

나는 오후 3시에 출발해서 36시간을 꼬박 여행했다. 드디어 숲이 나타났다. 목적지가 가까워지자 신비로운 기쁨이 마음을 간질였다. 조심스러우면서도 즐거운 발걸음으로 나아가며, 당당히 자리하고 있을 손필드 저택을 향해 시선을 들었다.

하지만 내 눈에 들어온 것은 고풍스러운 저택이 아닌, 시커멓게 불타버린 폐허의 잔해뿐이었다. 누군가에게 들킬까 봐 기둥 뒤에 몰래 숨을 필요도, 창틀로 조심스레 집안을 엿볼 필요도 없었다. 인기척에 신경을 곤두세울 필요도, 마차나 발자국 소리에 귀를 기울일 필요도 없었다. 무시무시한 검은빛으로 그을린 돌들이 저택에 일어난 비극을 설명해줬다. 손필드 저택에 큰 불이 난 것이다. 그렇다면 이 폐허의 불운한 주인은 어디 있단 말인가!

그 답은 마을 여관에서 들을 수 있었다.

"정말 무서운 사건이었죠! 그 집에 미친 여자가 한밤중에 불을 질렀대요. 예전 가정 교사가 쓰던 방이었는데, 거기 아무도 없었던 게 천만다행이죠. 그 방 주인은 두 달 전에 도망가버렸거든요. 그때 로체스터 씨는 무슨 보물이라도 잃어버린 듯 사방으로 찾아다녔지만, 끝내 아무 소식도 듣지 못했다더라고요. 그 뒤로 그분은 점점 난폭해졌어요. 원래는 거친 분이 아니었는데, 그 여자를 놓치고 난 뒤에는 위험한 사람이 됐죠."

"어쨌든 그분이 살아계시다는 거죠?"

"그럼요. 살아계십니다. 하지만 차라리 돌아가시는 편이 나았을지 몰라요. 그 불길 속에서 식구를 모두 구하겠다고 고집을 부리셨거든요. 그 여자가 지붕에서 몸을 던진 뒤에야 겨우 내려오셨는데, 그때 엄청난 굉음이 나며 집 전체가 무너져 내렸어요. 의사가 와서 그분을 치료했지만 안타깝게도 장님이 됐답니다."

“지금 로체스터 씨는 어디에 살고 계신가요?”

“농장 안에 있는 댁에서요.”

“만약 당신이 오늘 날이 저물기 전까지 저를 그곳에 데려다준다면, 당신에게 숙박비와 마차 삯을 두 배로 드리겠어요.”

나는 날이 저물기 직전, 그 집에 도착했다. 이런 데서 사람이 살 수 있나 싶었지만, 그곳에는 분명 누군가 살고 있었다. 문이 열리고 사람의 형체가 석양빛 속으로 걸어 나왔다. 나는 한눈에 그를 알아봤다.

에드워드 로체스터, 내 남자의 모습이었다. 예상치 못한 형태의 고통 때문에 기쁨을 표현할 수 없는 그런 만남이었다. 그가 집으로 들어간 뒤, 나는 조용히 문을 두드렸다. 나를 맞이한 이는 페어팩스 부인이었다. 우리는 반가움에 서로를 부둥켜안았다. 나는 부인에게 쟁반을 건네받아 그의 방으로 향했다. 심장이 쿵쾅거렸고, 마침내 그가 있는 방의 문이 열렸다.

"페어팩스 부인, 물을 줘."

그가 말했다.

"부인은 부엌에 있어요."

내가 대답했다.

"누구지? 누가 대답하는 거야? 제기랄, 이건 무슨 환청이야? 어떤 괴상하고 지긋지긋한 광기가 찾아온 거지?"

"환청이 아니에요."

"어디에 있소? 목소리뿐이오? 아아, 나는 볼 수가 없소. 그러니 손으로 만져서 확인해야겠소. 그렇지 않으면 심장이 멎고 머리가 터져버릴 거야."

그는 손을 내밀어 앞을 더듬었다. 나는 허우적대는 그의 손을 잡아서 내 손으로 꼭 감쌌다.

그가 외쳤다.

"제인의 손이야!"

그는 내 어깨와 목, 허리를 차례차례 잡더니 마침내 한 몸이 되도록 나를 꼭 껴안았다.

"제인이지? 이건 제인의 키와 제인의 몸이야."

"그리고 제인의 목소리죠. 제인의 전부가 지금 여기 있어요. 영혼 또한 여기 있고요."

"그럼 어딘가의 강에 몸을 던져서 강바닥에 누워 있는 게 아니군? 낯선 사람들 사이를 헤매며 집을 그리워하고 있는 것도 아니고?"

"물론이에요. 저는 살아있을 뿐만 아니라 자립한 여자가 됐어요."

"자립이라니? 그게 무슨 뜻이오?"

"마데이라에 살던 삼촌이 돌아가셨고, 제게 유산을 남기셨거든요. 저는 큰 부자예요. 저와 함께 사는 게 싫으시다면 바로 옆에 집을 짓겠어요. 가끔씩 이야기 상대가 필요하실 때는 우리 집 응접실로 놀러 오셔도 좋아요."

"하지만 제인, 당신이 부자가 됐다면 돌봐주는 친구들이 많이 생겼을 텐데. 그들은 당신이 나 같은 장애인에게 인생을 바치는 꼴을 내버려두지 않을 거요."

"저는 그냥 부자가 아니라 자립한 여자라고 말씀드렸잖아요. 제 주인은 오직 저 자신뿐이에요. 살아있는 한, 두 번 다시 당신을 떠나지 않을 거예요."

나는 곧 그와 결혼을 했다. 우리는 아침에 산책을 하러 나가듯 마을의 작은 교회로 가 하객도 없는 조용한 예식을 치렀다. 그리고 어느덧 10년이라는 세월이 흘렀다. 나는 세상에서 가장 사랑하는 사람을 위해 모든 것을 주는 삶, 그 사람과 더불어 사는 삶이 어떤 느낌인지 잘 알고 있다. 나는 스스로 세상 누구보다 축복받은 사람이라고 생각한다. 정말이지 말로 표현할 수 없을 정도로 큰 축복이다.

남편은 나의 생명이고, 나는 그의 생명이다. 자신의 가슴 속에서 뛰고 있는 심장 박동에 싫증이 나지 않듯, 나는 그에게 싫증을 느껴본 적이 없다. 그 또한 나와 함께 있을 때면 싫증이라는 것을 모른다. 그와 함께 있을 때면 나는 마치 혼자 있는 것처럼 자유로운 동시에 많은 사람들과 어울리는 것처럼 즐겁다. 우리는 하루 종일 이야기를 나누지만, 우리의 대화는 이미 서로의 마음속에 전해진 단어들을 보다 생생하고 잘 들리는 말로 표현하는 것에 불과하다.

나는 그를 완전히 믿고, 그 또한 나를 완전히 신뢰한다.
그리고 우리는 행복하다.

The End.

Jane Eyre

작 가

샬럿 브론테
Charlotte Bronte

1816 ~ 1855

샬럿 브론테의 일생
샬럿
(5세)
브렌웰
(4세)
에밀리
(3세)
앤
(1세)
HAWORTH
1816.4.21
샬럿 브론테 탄생
1820 하워스로 이사
1821
(5세)
어머니의
죽음
1824 (8세)
로우드 기숙 학교의 모델인
카우언브리지 기숙 학교 입학
1825 (9세)
기숙사에서 함께 지내던 두 언니
폐결핵으로 사망
1831 (15세) 로헤드 사립 학교 입학
1835~1838 (19~22세)
로헤드 사립 학교 교사재직
1842~1844 (26~28세)
벨기에 브뤼셀 유학
에제 기숙 학교에서
학생 겸 교사로 생활
1854 (38세)
아버지 교회의 부목사였던
니콜스와 결혼
1846 (30세)
〈제인 에어〉 집필 시작
1848 (32세)
동생 브렌웰,
에밀리의 죽음
이듬해 앤 사망
JANE EYRE
1847 (31세)
〈제인 에어〉,
에밀리 브론테의
〈폭풍의 언덕〉,
앤 브론테의 〈아그네스 그레이〉 출판
1855.3.31
(39세)
임신 후 병으로 사망

KI신서 9516
일러스트 에디션
제인 에어

1판 1쇄 발행 2021년 1월 11일
1판 2쇄 발행 2021년 5월 3일

지은이 구예주
옮긴이 서유라
원작 샬럿 브론테
펴낸이 김영곤
펴낸곳 (주)북이십일 21세기북스

출판사업부문 이사 정지은
뉴미디어사업팀장 이지혜 뉴미디어사업팀 이지연 강문형
디자인 elephantswimming
마케팅팀 배상현 김신우 한경화 이나영
영업팀 김수현 최명열
제작팀 이영민 권경민

출판등록 2000년 5월 6일 제406-2003-061호
주소 (10881) 경기도 파주시 회동길 201(문발동)
대표전화 031-955-2100 팩스 031-955-2151 이메일 book21@book21.co.kr

ISBN 978-89-509-9359-7 03800